GUY DE MAUPASSANT

Pläsier

GUY DE MAUPASSANT

PLÄSIER

Vier Erzählungen

Herausgegeben und übersetzt
von Elisabeth Edl

ALEXANDER VERLAG BERLIN

Die Arbeit wurde vom Deutschen Übersetzerfonds
im Rahmen des Programms NEUSTART KULTUR
gefördert.

Alexander Wewerka · Fredericiastr. 8 · 14050 Berlin
info@alexander-verlag.com | www.alexander-verlag.com

Umschlagabbildung: Ausschnitt aus Claude Monets
Camille Monet und Sohn Jean auf dem Hügel, 1875

Satz, Layout, Umschlaggestaltung: Antje Wewerka

Druck und Bindung: FINIDR s. r. o., Český Těšín
Printed in the Czech Republic (October) 2022
ISBN 978-3-89581-590-4

INHALT

DIE MASKE

Man gab einen Kostümball im Élysée-Montmartre, an jenem Abend. Der Anlass war Mittfasten, und die Menge strömte wie Wasser durch ein Schleusentor in den erleuchteten Flur, der zum Tanzsaal führt. Das fulminante Signal des Orchesters, explodierend wie ein Musikgewitter, sprengte Wände und Dach, ergoss sich über das ganze Viertel, weckte, durch die Straßen und bis hinein in die Nachbarhäuser, jenes unwiderstehliche Verlangen zu springen, zu schwitzen, sich zu vergnügen, das tief im Menschentier schlummert.

Und die Stammgäste dieses Ortes kamen zudem aus allen vier Ecken von Paris, Menschen jeder Gesellschaftsklasse, die derben, lärmenden Spaß lieben, etwas zwielichtig, mit einer Portion Verruchtheit. Sie waren Angestellte, Zuhälter, Mädchen, Mädchen in allen Stoffen, von gewöhnlicher Baumwolle bis hin zum feinsten Batist, reiche Mädchen, alt und diamantbehangen, und arme sechzehnjährige Mädchen, die nichts anderes wollen, als sich austoben, den Männern gehören, Geld verprassen. Elegante schwarze Fräcke auf der Suche nach frischem Fleisch, nach defloriertem, aber schmackhaftem Frühobst streiften durch diese aufgeheizte Menge, schnüffelten, wirkten wie auf der Pirsch, während die Masken vor allem angetrieben schienen von dem

Verlangen nach Amüsement. Schon versammelten berühmte Quadrillen rund um ihr Gehüpfe einen dicken Kranz von Zuschauern. Die zapplige Masse, das wogende Spalier aus Frauen und Männern, das die vier Tänzer einkreiste, wand sich wie eine Schlange, mal ganz nah, mal weiter entfernt, den kühnen Schritten der Künstler folgend. Die zwei Frauen, deren Schenkel wie durch Gummifedern am Leib hafteten, vollführten mit den Beinen erstaunliche Bewegungen. Sie schleuderten diese mit solcher Kraft in die Luft, dass jeder Körperteil fortzufliegen schien in die Wolken, spreizten sie dann, als wollten sie sich selber aufreißen bis in die Bauchmitte, ließen eins nach vorne gleiten, das andre nach hinten und berührten den Boden mit ihrem Mittelpunkt in einem raschen Spagat, abstoßend und komisch.

Ihre Partner hüpften, tänzelten, trippelten, mit schwingenden und wie Flügelstümpfe gereckten Armen, und man erahnte unter den Masken ihren keuchenden Atem.

Einer von ihnen, der sich in die bekannteste Quadrille eingereiht hatte, um eine abwesende Berühmtheit zu vertreten, den schönen »Songe-au-Gosse«, und der sich abmühte, es mit dem unermüdlichen »Arête-de-Veau« aufzunehmen, machte groteske Ausfälle, die bei den Zuschauern Heiterkeit erregten und Spott.

Er war hager, gekleidet wie ein Geck, trug eine hübsche lackierte Maske auf dem Gesicht, eine

Maske mit krausem blonden Schnurrbart, und darüber eine Lockenperücke.

Er glich einer Wachsfigur aus dem Musée Grévin, einer befremdlichen und skurrilen Karikatur des charmanten jungen Mannes auf den Stichen der Modejournale, und er tanzte mit hingebungsvoller, doch linkischer Anstrengung, mit komischem Eifer. Er wirkte neben den andern eingerostet, wenn er ihre Kapriolen nachzuahmen suchte; wirkte steif, schwerfällig wie ein Mops, der mit Windhunden spielt. Höhnische Bravorufe ermutigten ihn. Und er hampelte begeisterungstrunken mit solcher Leidenschaft, dass er plötzlich, fortgerissen von einem rasenden Schwung, kopfüber gegen die Wand aus Zuschauern flog, die sich auftat, um ihn hindurchzulassen, und gleich wieder schloss, rings um den starren, auf dem Bauch liegenden Körper des leblosen Tänzers. Männer griffen nach ihm, trugen ihn fort. Jemand schrie: »Einen Arzt.« Ein Herr meldete sich, jung, sehr elegant, im schwarzen Frack mit dicken Perlen am Ballhemd. »Ich bin Professor an der Universität«, sagte er mit bescheidener Stimme. Man ließ ihn vorbei, und er trat, durch einen kleinen Raum voller Aktendeckel wie das Büro eines Geschäftsmaklers, zu dem noch immer bewusstlosen Tänzer, den man soeben auf Stühle bettete. Als Erstes wollte der Doktor die Maske abnehmen und stellte fest, sie war auf komplizierte Weise festgemacht, dank unzähliger feiner Metalldrähte, die sie geschickt mit den Rändern seiner Perücke verbanden und so den ganzen Kopf einschlossen in eine feste Umwicklung, hinter deren Mechanismus man erst kommen musste. Auch der Hals steckte in einer falschen Haut, die das Kinn verlängerte, und diese Haut aus Handschuhleder, fleischfarben bemalt, reichte bis zum Hemdkragen.

Das alles musste mit einer kräftigen Schere aufgetrennt werden; und als der Arzt in diese merkwürdige Hülle einen Schnitt getan hatte, von der Schulter bis zur Schläfe, öffnete er ein Stück weit den Panzer und entdeckte darin ein altes Männergesicht, verlebt, bleich, hager und welk. Der Schreck war groß bei allen, die den lockigen jungen Maskierten hergetragen hatten, und niemand lachte, niemand sagte ein Wort.

Man betrachtete, auf den Stühlen mit Strohgeflecht, dieses traurige Antlitz mit seinen geschlossenen Augen, verunziert durch weiße Haare, die längeren fielen von der Stirn ins Gesicht, die kürzeren standen auf Wangen und Kinn, und neben diesem armseligen Kopf die feine, die hübsche lackierte Maske, die frische Maske, immer noch lächelnd.

Der Mann kam wieder zu sich, nachdem er lange bewusstlos dagelegen hatte, doch er wirkte noch so schwach, so krank, dass der Arzt irgendeine gefährliche Komplikation befürchtete.

»Wo sind Sie zuhause?«, sagte er.

Der alte Tänzer schien in seinem Gedächtnis zu suchen, sich dann zu erinnern, und er sagte einen

Straßennamen, den niemand kannte. Man musste ihn also nach Einzelheiten zu seinem Viertel befragen. Er lieferte sie mit unendlicher Mühe, mit einer Trägheit und einem Zögern, die seine Gedankenverwirrung offenbarten.

Der Arzt meinte nun:

»Am besten ich begleite Sie.«

Neugier hatte ihn gepackt, er wollte wissen, wer dieser seltsame Gaukler war, wollte sehen, wo dieser hopsende Sonderling logierte.

Und bald schon brachte ein Fiaker alle beide fort, auf die andere Seite von Montmartre.

Es war ein hohes, ärmlich wirkendes Haus, zu dem eine schmierige Treppe hinaufführte, eines jener stets unfertigen Häuser, übersät mit Fenstern, einsam dastehend zwischen zwei Brachflächen, Drecksbuden, in denen ein Haufen zerlumpter und elender Menschen wohnt.

Sich ans Geländer klammernd, eine gewundene Holzstange, an der die Hand kleben blieb, stützte der Doktor, bis hinauf in den vierten Stock, den alten taumligen Mann, der langsam wieder zu Kräften kam.

Die Tür, an der sie geklopft hatten, öffnete sich, und eine Frau erschien, ebenfalls alt, sauber, mit einem schneeweißen Nachthäubchen, das ein knochiges Gesicht mit scharfen Zügen umrahmte, eines jener breiten, gutmütigen und herben Gesichter der fleißigen und treuen Arbeiterfrauen. Sie rief:

»Mein Gott! was ist passiert?«

Als die Sache in zwanzig Worten erklärt war, beruhigte sie sich und beruhigte auch den Arzt, denn sie erzählte, Vorkommnisse dieser Art habe es schon öfter gegeben.

»Er muss ins Bett, Monsieur, weiter nichts, dann schläft er, und morgen is alles gut.«

Der Doktor sagte:

»Aber er kann doch kaum sprechen.«

»Oh! is nicht schlimm, ein bisschen Suff, sonst nichts. Er wollte kein Abendessen, damit er gelenkig bleibt, und dann hat er zwei Grüne getrunken, zum Auflockern. Die Grüne, wissen Sie, so was stärkt ihm die Beine, vernebelt aber Denken und Reden. Gehört sich nicht, in seinem Alter noch so tanzen, wie er's macht. Nein, wirklich, zum Verzweifeln, keine Vernunft nicht hat er!«

Überrascht fragte der Arzt nach:

»Aber warum tanzt er auf diese Weise, alt wie er ist?«

Sie zuckte die Achseln, rot geworden vor Zorn, der sie allmählich aufwühlte.

»Ach! ja, warum! Herrje, damit man ihn für jung hält unter seiner Maske, damit die Frauen ihn noch als Hahn sehen und ihm Schweinereien ins Ohr flüstern, damit er sich an ihrer Haut reiben kann, an all ihrer schmutzigen Haut mit ihren Düften und ihrem Puder und ihren Pomaden ... Ach! saubere Geschichte ist das! Meiner Seel, was hab ich für'n Leben, Monsieur, seit vierzig Jahren, so lang dauert's schon … Aber zuerst muss er ins Bett, sonst wird er mir noch krank. Macht's Ihnen was aus, können Sie mir helfen? Wenn er in dem Zustand is, schaff ich's nicht, ganz allein.«

Der Alte saß auf seinem Bett, wirkte betrunken, seine langen weißen Haare hingen ihm ins Gesicht.

Seine Gefährtin betrachtete ihn mit gerührtem und wütendem Blick. Sie fuhr fort:

»Schauen Sie, hat er nicht ein schönes Haupt für sein Alter; und dann muss der sich als Liederjan verkleiden, damit man ihn für jung hält. Ist das nicht ein Jammer! Stimmt's, er hat ein schönes Haupt, Monsieur? Warten Sie, ich zeig's Ihnen, bevor wir ihn hinlegen.«

Sie ging zu einem Tisch, auf dem die Waschschüssel stand, der Wasserkrug, dazu Seife, Kamm und Bürste. Sie nahm die Bürste, trat wieder ans Bett, und das ganze wirre Haar des Besoffenen hochhebend, verpasste sie ihm im Handumdrehen das Gesicht eines Malermodells, mit großen, auf den Hals herabfallenden Locken. Dann, zurücktretend, um ihn zu betrachten:

»Stimmt's, er schaut gut aus für sein Alter?«

»Sehr gut«, bekräftigte der Doktor, der sich köstlich zu amüsieren begann.

Sie redete weiter:

»Und hätten Sie ihn erst gekannt mit fünfundzwanzig! Aber er muss jetzt ins Bett; weil ihm sonst seine Grünen den Magen umdrehen. Da, Monsieur, können Sie am Ärmel ziehen? … weiter oben … so … gut … jetzt die Hose … warten Sie, ich zieh ihm die Schuhe aus … gut so. – Jetzt müssen Sie ihn hochheben, damit ich's Bett aufschlage … fertig … hinlegen … wenn Sie glauben, der rührt sich später und macht mir Platz, Irrtum. Muss einen Winkel für mich finden, irgendwo. Das juckt ihn nicht. Ach! du Lebemann, du!«

Sowie er spürte, dass er ausgestreckt zwischen seinen Betttüchern lag, schloss der gute Mann die Augen, öffnete sie wieder, schloss sie von neuem, und auf seinem ganzen zufriedenen Gesicht zeigte sich die feste Entschlossenheit zu schlafen.

Ihn mit immer größerem Interesse musternd, fragte der Doktor:

»Er spielt also den jungen Mann auf Kostümbällen?«

»Auf allen, Monsieur, und morgens kommt er mir in 'nem Zustand zurück, Sie können sich's nicht vorstellen. Wissen Sie, es reut ihn, das ist's, was ihn dorthin treibt und dazu bringt, ein Pappgesicht auf seins zu stülpen. Ja, es reut ihn, dass er nicht mehr is, was er mal war, und dass er sie nicht mehr hat, seine Erfolge!«

Er schlief jetzt und fing an zu schnarchen. Sie betrachtete ihn mitleidig und fuhr fort:

»Ach! Erfolge, die hat er gehabt, dieser Mann! Mehr als man glauben möchte, Monsieur, mehr als die schönsten Herren aus der feinen Welt und als alle Tenöre und alle Generäle.«

»Wirklich? Wie hat er das angestellt?«

»Oh! das wird Sie erst mal wundern, weil Sie ihn ja nicht gekannt haben, in seiner guten Zeit. Ich, als ich ihm begegnet bin, das war auch auf'm Ball, denn da ist er immer schon hin. Mich hat's erwischt, als ich ihn sah, aber erwischt wie einen Fisch mit 'ner Angelschnur. Er war süß, Monsieur, zum Weinen süß, wenn man ihn anschaute, schwarz wie ein Rabe, und lockiges Haar, mit dunklen Augen, so groß wie Fenster. Ach! ja, war ein hübscher Bursche. Er hat mich mitgenommen an jenem Abend, und ich hab ihn nie mehr verlassen, nie mehr, keinen einzigen Tag, allem zum Trotz! Oh! er hat mir's Leben hart gemacht!«

Der Doktor fragte:

»Sind Sie verheiratet?«

Sie antwortete schlicht:

»Ja, Monsieur …, sonst hätte er mich sitzenlassen wie die andern. Ich war seine Frau und sein Dienstmädchen, alles, alles, was er gewollt hat … und auch zum Weinen brachte er mich … Tränen, die ich ihm nie zeigte! Denn er hat mir von seinen Abenteuern erzählt, mir … mir … Monsieur …, ohne dass er begriff, wie weh das tat, das Zuhören …«

»Aber welchen Beruf hat er denn ausgeübt?«

»Richtig … das hab ich vergessen, Ihnen zu sagen. Er war erster Gehilfe bei Martel, aber ein Erster, wie es nie zuvor einen gegeben hat … ein Künstler zu zehn Franc die Stunde, im Durchschnitt …«

»Martel? … was für ein Martel? …«

»Der Friseur, Monsieur, der große Friseur an der Oper, der hatte alle Schauspielerinnen als Kundschaft. Ja, die ganzen illustren Schauspielerinnen, alle ließen sich von Ambroise frisieren und machten ihm Geschenke, die ihm ein Vermögen einbrachten. Ach! Monsieur, alle Frauen sind gleich, ja, alle. Wenn ein Mann ihnen gefällt, leisten sie ihn sich. Das ist so einfach ... und das schmerzt so sehr, wenn man's erfährt. Denn er sagte mir alles ... er konnte nicht schweigen ... nein, das konnte er nicht. Derlei Zeug macht den Männern so großen Spaß! mehr Spaß noch beim Sagen vielleicht als beim Tun.

Wenn ich ihn abends heimkommen sah, ein wenig blass, mit zufriedener Miene, glänzenden Augen, sagte ich mir: ›Wieder eine. Ich bin sicher, er hat wieder eine aufgegabelt.‹ Und dann quälte mich das Verlangen, ihn auszufragen, ein Verlangen, das mir ins Herz schnitt, und noch ein andres Verlangen, nämlich nichts zu wissen, ihn am Reden zu hindern, wenn er damit anfing. Und wir musterten einander.

Ich wusste genau, er würde nicht schweigen, er würde zur Sache kommen. Das merkte ich an seiner Miene, an seiner lachenden Miene, damit ich endlich begriff. ›Heut hab ich 'ne gute Geschichte, Madeleine.‹ Ich tat, als würde ich nichts sehen, nichts erraten; und ich deckte den Tisch; ich brachte die Suppe; ich setzte mich ihm gegenüber.

In diesen Augenblicken, Monsieur, das war so, als hätte man mir meine Zuneigung für ihn im Leib zermalmt mit einem Stein. Das tut weh, ja, verdammt weh. Aber er begriff nichts, wusste nichts; er musste das irgendwem erzählen, musste sich brüsten, zeigen, wie sehr man ihn liebte … und er hatte nur mich, der er's sagen konnte … verstehen Sie … nur mich … Also … musste ich ihm zuhören, wohl oder übel, und das alles runterschlucken wie Gift.

Er begann seine Suppe zu löffeln, und dann sagte er: ›Wieder eine, Madeleine.‹

Und ich dachte mir: ›So, jetzt ist's raus.‹ Mein Gott, dieser Mann! Warum musste ich ihm begegnen.

Nun redete er: ›Wieder eine, und noch dazu eine Schicke …‹ Und dann war's 'ne Kleine vom Vaudeville oder 'ne Kleine vom Varieté, aber auch Große, die bekanntesten dieser Theaterdamen. Er sagte mir ihre Namen, ihre Wohnungseinrichtung und alles, alles, ja, alles, Monsieur … Einzelheiten, die mir das Herz aus'm Leib rissen. Und immer wieder kam er drauf zurück, begann seine Geschichte noch einmal, von Anfang bis Ende, so zufrieden, dass ich tat, als würde ich lachen, damit er nicht böse wird auf mich.

Vielleicht stimmte das alles gar nicht! Er prahlte so gern, dass er imstande war, derlei Zeug zu erfinden! Vielleicht stimmte es aber auch! An solchen Abenden spielte er den Müden, wollte früh ins Bett nach'm Essen. Wir aßen um elf, Monsieur, denn früher kam er nie nach Hause, wegen den Abendfrisuren.

Wenn er mit seinem Abenteuer fertig war, rauchte er Zigaretten und stolzierte durchs Zimmer, und er war so'n hübscher Bursche, mit seinem Schnurrbart und seinem Lockenhaar, dass ich mir dachte: ›Es stimmt doch alles, was er erzählt. Ich bin ja auch verrückt nach diesem Mann, warum sollen andre nicht genauso närrisch sein?‹ Ach! wie oft hätte ich am liebsten geheult und geschrien und wär davongelaufen und aus dem Fenster gesprungen, während ich zugleich den Tisch abräumte und er immer noch rauchte. Er gähnte, den Mund weit aufreißend, um mir zu zeigen, wie erledigt er war, und er sagte zwei-, dreimal, bevor er ins Bett ging: ›Gott, was werd ich gut schlafen heute Nacht!‹

Ich nehm's ihm nicht übel, denn er wusste nicht, wie weh er mir tat. Nein, das konnte er nicht wissen! Er liebte es, mit Frauen zu renommieren, so, wie ein Pfau seine Räder schlägt. Er glaubte schließlich, alle schauten sie ihn an und wollten ihn haben.

Es war dann hart, als er älter wurde.

Oh! Monsieur, als ich sein erstes weißes Haar gesehen hab, da bekam ich 'n Schreck, dass mir der Atem stockte, und dann eine Freude – eine boshafte Freude – aber so groß, so groß!!! Ich hab mir gesagt: ›Jetzt ist Schluss … jetzt ist Schluss …‹ Mir war, als holt mich jemand aus'm Gefängnis. Ich hätt ihn also ganz für mich allein, wenn die andern nichts mehr wissen wollten von ihm.

Es war an einem Morgen, in unserm Bett. – Er schlief noch, und ich beugte mich über ihn, um ihn mit einem Kuss aufzuwecken, da bemerkte ich in seinen Locken, an der Schläfe, ein Fädchen, das glänzte wie Silber. So 'ne Überraschung! Ich hätt's nicht für möglich gehalten! Zuerst dachte ich, das reiß ich aus, damit er's gar nicht sieht! aber dann schaute ich genauer hin und bemerkte ein zweites weiter oben. Weiße Haare! er bekam weiße Haare! Mir pochte das Herz, meine Haut wurde schweißnass; und doch, im Grunde war ich überglücklich!

Es ist garstig, so zu denken, aber an dem Morgen hab ich meine Hausarbeit von Herzen gern erledigt, ohne ihn zu wecken; und als er die Augen aufschlug, von ganz allein, da hab ich gesagt:

›Weißt du, was ich entdeckt habe, während du geschlafen hast?‹

›Nein.‹

›Ich habe entdeckt, du hast weiße Haare.‹

Es schüttelte ihn vor Graus, und er schnellte hoch, als hätt ich ihn gekitzelt, dann sagte er bösartig:

›Ist nicht wahr!‹

›Doch, an der linken Schläfe. Vier Stück.‹

Er sprang aus dem Bett und rannte zum Spiegel.

Er fand sie nicht. Also zeigte ich ihm das erste, das unterste, das kleine geringelte, und ich sagte:

›Das ist kein Wunder, bei dem Leben, das du führst. In zwei Jahren bist du am Ende.‹

Tja, Monsieur, ich hatte recht, zwei Jahre später war er nicht wiederzuerkennen. Wie schnell der sich verändert, so'n Mann! War noch immer ein stattlicher Bursche, aber seine Frische hatte er eingebüßt, und die Frauen waren nicht mehr hinter ihm her. Ach! hab ich ’n saures Leben geführt, damals! Er hat mir grausam zu schaffen gemacht! Nichts passte ihm, rein gar nichts. Er hat seinen Beruf aufgegeben, für’n Hutgeschäft, dabei hat er Geld verloren. Und dann wollte er Schauspieler sein, hatte aber keinen Erfolg, und dann hat er angefangen, auf öffentliche Bälle zu gehen. Immerhin, er hatte so viel Verstand, ’n bisschen Besitz aufzusparen, und davon leben wir. Es reicht, aber viel ist’s nicht! Wenn man denkt, er hatte mal fast ’n Vermögen.

Jetzt verstehen Sie, was er treibt. Das ist wie ’ne Besessenheit, die ihn gefangen hält. Er muss jung sein, er muss mit Frauen tanzen, die nach Duft und Pomade riechen. Armer alter Liebling, pah!«

Sie betrachtete gerührt, den Tränen nahe, ihren alten Mann, der schnarchte. Dann trat sie mit leisem Schritt näher und drückte ihm einen Kuss ins Haar. Der Arzt hatte sich erhoben und machte sich bereit zum Aufbruch, denn ihm fehlten die Worte angesichts dieses grotesken Paars.

Er war schon im Gehen, da bat sie:

»Wollen Sie mir nicht doch Ihre Adresse geben? Wenn’s schlimmer wird mit ihm, komm ich Sie holen.«

DAS HAUS TELLIER

I.

Man ging dort jeden Abend hin, so gegen elf, wie ins Café, ganz selbstverständlich.

Sie trafen sich zu sechst oder acht, immer dieselben, keine Nachtschwärmer, sondern ehrbare Herren, Kaufleute, junge Männer aus der Stadt; und man trank seine Chartreuse, schäkerte ein bisschen mit den Mädchen oder unterhielt sich ernsthaft mit *Madame*, der ein jeder Respekt zollte.

Dann schlenderte man heim ins Bett, noch vor Mitternacht. Die jungen Männer blieben manchmal.

Das Haus war familiär, sehr klein, gelb gestrichen, an einer Straßenecke hinter der Kirche Saint-Étienne; und aus den Fenstern sah man das Hafenbecken voll mit Schiffen, die entladen wurden, den großen Salzgarten, »Retenue« genannt, und dahinter die Anhöhe der Hl. Jungfrau mit ihrer alten, ganz grauen Kapelle.

Madame, die einer guten Bauernfamilie aus dem Departement Eure entstammte, hatte diesen Beruf genauso bereitwillig ergriffen, wie sie Putzmacherin geworden wäre oder Weißnäherin. Das Vorurteil der Schande, das in den Städten so stark und unausrottbar der Prostitution anhaftet, gibt es nicht auf dem normannischen Land. Der Bauer sagt: »Ist ein gutes Gewerbe«; – und er schickt sein Kind, dass es einen Harem voller Mädchen führt, als gelte es, ein Pensionat für höhere Töchter zu leiten.

Das Haus war übrigens eine Erbschaft, von einem alten Onkel, dem es gehörte. *Monsieur* und *Madame*, einstmals Gastwirte unweit von Yvetot, hatten sofort verkauft, denn sie hielten die Sache in Fécamp für einträglicher; und eines schönen Morgens waren sie angekommen, übernahmen die Leitung des Ladens, der langsam zugrunde ging, so ganz ohne Besitzer.

Sie waren rechtschaffene Leute, ihre Beschäftigten und die Nachbarn mochten sie auf Anhieb.

Monsieur starb am Schlagfluss zwei Jahre später. Da sein neuer Beruf ihn zu Trägheit und Bewegungslosigkeit verführte, war er sehr dick geworden, und die Gesundheit hatte ihn erstickt.

Madame, nunmehr Witwe, wurde von allen Stammgästen des Etablissements vergeblich begehrt; jedoch galt sie als ganz und gar sittsam, und selbst ihre Zöglinge konnten nichts entdecken.

Sie war groß, prall, einnehmend. Ihr Teint, blässlich geworden im Dunkel dieses immerzu verschlossenen Logis, glänzte wie unter öligem Lack. Ein feiner Kranz aus flaumigem Haar, falsch und lockig frisiert, umrahmte die Stirn und gab ihr ein jugendliches Aussehen, das nicht recht passte zur Reife ihrer Formen. Stets fröhlich und mit offenem

Gesicht, scherzte sie gern, mit einer Spur von Zurückhaltung, die ihre neue Tätigkeit bislang nicht beeinflusst hatte. Ordinäre Wörter schockierten sie noch immer ein bisschen; und bezeichnete ein ungezogener Bursche das Etablissement, das sie leitete, mit seinem eigentlichen Namen, dann wurde sie wütend vor Empörung. Kurzum, sie war zartbesaitet, und obwohl sie ihre Frauen wie Freundinnen behandelte, wiederholte sie gern, diese kämen »nicht aus demselben Stall«.

Manchmal, unter der Woche, machte sie mit einem Teil ihrer Truppe einen Ausflug in der Mietdroschke; und dann tummelte man sich im Gras, am Ufer des Flüsschens, das im Valmont-Tal dahinfließt. Es waren Landpartien wie von entwischten Zöglingen, rasende Kutschfahrten, kindische Spiele, die ganze Ausgelassenheit von Eingesperrten, trunken von so viel frischer Luft. Man aß Wurst und Schinken auf der Wiese, trank Cidre, und bei einbrechender Dunkelheit kehrte man heim, erfüllt von köstlicher Müdigkeit, wohltuender Rührung; und im Wagen umarmte man Madame wie eine liebe Mutter voller Nachsicht und Milde.

Das Haus hatte zwei Eingänge. An der Ecke öffnete abends eine zwielichtige Schenke für Leute aus dem Volk und Matrosen. Zwei von den Mädels, zuständig für das besondere Geschäft des Orts, kümmerten sich ausschließlich um diesen Teil der Kundschaft. Sie schleppten, unterstützt vom Kellner namens Frédéric, einem kleinen Blonden, bartlos und stark wie ein Ochse, Schoppen Wein und Bierflaschen auf die wackligen Marmortische, schlangen ihre Arme um die Nacken der Trinker, setzten sich ihnen auf den Schoß und verführten sie zu noch mehr Suff.

Die andern drei Damen (sie waren nur zu fünft) bildeten eine Art Aristokratie und blieben der Gesellschaft im ersten Stock vorbehalten, es sei denn, man brauchte sie unten und der erste Stock war leer.

Der Jupiter-Salon, wo sich die örtlichen Bürger trafen, war mit blauer Papiertapete bespannt und geschmückt mit einer großen Zeichnung, die Leda zeigte, hingespreitet unter einem Schwan. Hierher gelangte man über eine Wendeltreppe, abgeschlossen durch eine schmale Tür von bescheidenem Aussehen, die zur Straße hinausging, und dort leuchtete die ganze Nacht, hinter einem Gitter, eine kleine Laterne, ähnlich jenen, die man noch in manchen Städten entzündet, zu Füßen der in Mauernischen eingelassenen Madonnen.

Das Gebäude, alt und feucht, roch etwas muffig. Mitunter wehte ein Hauch von Eau de Cologne durch die Flure, oder eine halboffene Tür im Erdgeschoss ließ durch das ganze Haus, wie einen Donnerknall, das Pöbelgeschrei der unten sitzenden Männer erschallen, worauf die Gesichter der Herren im ersten Stock sich besorgt und angewidert verzogen.

Madame, auf vertrautem Fuß mit den Kunden, ihren Freunden, verließ nie den Salon, interessierte sich jedoch für das Gerede in der Stadt, und durch jene gelangte es bis zu ihr. Der ihr eigene ernste Plauderton lenkte ab vom zusammenhanglosen Plappern der drei Frauen; er war wie ein Ruheanker im schlüpfrigen Gescherze der dickbäuchigen Bürger, die sich jeden Abend der biederen und mittelmäßigen Ausschweifung hingaben, ein Gläschen Hochprozentiges zu trinken, in Gesellschaft von Dirnen.

Die drei Damen im ersten Stock hießen Fernande, Raphaële und Rosa la Rosse.

Die Zahl der Beschäftigten war klein, und so hatte man sich bemüht, dass jede Einzelne etwas sei wie ein Musterstück, das Resümee eines Frauentyps, denn jeder Gast sollte hier, zumindest mehr oder weniger, die Verwirklichung seines Ideals finden.

Fernande verkörperte die *schöne Blonde*, sehr groß, beinah fett, weichlich, ein Mädchen vom Land, dessen Sommersprossen nicht weggehen wollten und dessen strohgelbes Haar, zurückgestutzt, hell und farblos wie gehechelter Flachs, nur unzureichend den Schädel bedeckte.

Raphaële, aus Marseille, eine Hafennutte, spielte die unentbehrliche Rolle der *schönen Jüdin*, hager, mit hervorstehenden, rotgepuderten Backenknochen. Ihr schwarzes Haar, mit Rindermark glänzend gestriegelt, kringelte sich an den Schläfen. Ihre Augen hätten schön gewirkt, wäre das rechte nicht entstellt gewesen durch einen weißen Fleck. Ihre Hakennase fiel auf einen kräftigen Kiefer, in dem oben zwei neue Zähne ungut auffielen, gegenüber den unteren, die sich mit den Jahren dunkel verfärbt hatten, wie altes Holz.

Rosa la Rosse, ein kleiner Fleischkloß, nichts als Bauch, mit kurzen Beinen, sang von morgens bis abends mit krächzender Stimme abwechselnd zotige oder sentimentale Lieder, erzählte endlose und läppische Geschichten, unterbrach ihr Geschwätz nur fürs Essen und das Essen nur fürs Geschwätz, war ständig in Bewegung, geschmeidig wie ein Eichhörnchen, trotz all ihrem Speck und den winzigen Füßchen; und ihr Lachen, eine Salve schriller Schreie, erklang unaufhörlich, hier und dort, in einem Zimmer, auf dem Dachboden, in der Schenke, überall, wegen nichts und wieder nichts.

Die beiden Frauen im Erdgeschoss, Louise, genannt Cocote, und Flora, mit dem Beinamen Balançoire, weil sie leicht hinkte, die eine immer als *Liberté* mit blauweißrotem Gürtel, die andre als Phantasiespanierin mit Kupferzechinen, die im fuchsroten Haar bei jedem ihrer ungleichen Schritte hüpften, sahen aus wie Küchenmädchen, verkleidet für ein Faschingsfest. Sie glichen all den Frauen aus dem Volk, weder hässlicher noch schöner, echte Wirtshausmägde, im Hafen bekannt unter dem Spitznamen »die zwei Pumpen«.

Ein eifersüchtiger, jedoch selten getrübter Friede herrschte zwischen diesen fünf Frauen, dank Madames ausgleichender Besonnenheit und unerschöpflich guter Laune.

Das Etablissement, das einzige in der kleinen Stadt, wurde fleißig besucht. Madame hatte es verstanden, ihm eine so vorbildliche Führung angedeihen zu lassen; zeigte sich allen gegenüber so liebenswert, so zuvorkommend; ihr gutes Herz war so bekannt, dass eine Art Hochachtung sie umgab. Die Stammgäste stürzten sich ihretwegen in Unkosten, frohlockten, wenn sie ihnen etwas mehr Freundschaft bezeugte; und begegneten sie einander tagsüber bei ihren Geschäften, dann sagten sie: »Bis heute Abend, Sie wissen schon«, so, wie man sagt: »Im Café, nicht wahr? nach dem Abendessen.«

Kurzum, das Haus Tellier war ein Lebensquell, und nur selten versäumte jemand das tägliche Treffen.

Eines Abends nun, gegen Ende Mai, fand der als erster angekommene Monsieur Poulin, Holzhändler und ehemaliger Bürgermeister, die Tür verschlossen. Die kleine Laterne hinter dem Gitter leuchtete nicht; kein Geräusch drang aus dem Logis, und es wirkte wie ausgestorben. Er klopfte, leise zunächst, dann kräftiger; niemand gab Antwort. Darum lief er mit kleinen Schritten die Straße zurück, und als er auf die Place du Marché kam, traf er Monsieur Duvert, den Schiffbauer, der zum selben Ort wollte. Gemeinsam schauten sie noch einmal hin, der Erfolg war nicht größer. Doch lautes Gelärm ertönte ganz plötzlich in ihrer Nähe, und kaum waren sie um das Haus gegangen, erblickten sie eine Ansammlung englischer und französischer Matrosen, die mit Fäusten auf die verriegelten Läden der Schenke eindroschen.

Die zwei Bürger ergriffen sogleich die Flucht, um nicht ins Gerede zu kommen; aber dann bremste sie ein zartes »Pst«: Es war Monsieur Tournevau, der Fischpökler, der sie erkannt hatte und nun herbeiwinkte. Sie erklärten ihm den Sachverhalt, und der schmerzte ihn umso mehr, als er, verheiratet, Familienvater und streng überwacht, nur samstags hierher kam, *»securitatis causa«*, wie er zu sagen pflegte, auf eine gesundheitspolizeiliche Maßnahme anspielend, deren regelmäßige Wiederkehr ihm sein Freund Doktor Borde enthüllt hatte. Heute war ausgerechnet sein Abend, und jetzt würde er leer ausgehen, eine ganze Woche lang.

Die drei Männer schlugen einen großen Bogen bis zum Quai, begegneten unterwegs dem jungen Monsieur Philippe, Sohn des Bankiers, Stammgast, und Monsieur Pimpesse, Steuereinnehmer. Daraufhin liefen alle miteinander zurück durch die »Rue aux Juifs«, um einen letzten Versuch zu unternehmen. Die aufgebrachten Matrosen aber belagerten das Haus, warfen Steine, krakeelten; und die fünf Erster-Stock-Kunden machten so schnell wie möglich kehrt, irrten nun ziellos durch die Straßen.

Sie trafen noch Monsieur Dupuis, Versicherungsmakler, dann Monsieur Vasse, Richter am Handelsgericht; und es begann ein langer Spaziergang, der sie zunächst an die Hafenmole führte. In einer Reihe setzten sie sich auf die Granitbrüstung und betrachteten die kräuselnde Flut. Der Schaum auf den Wellenkämmen bildete im Dunkel weißschimmernde Flecken, fast so schnell erloschen wie aufgetaucht, und das gleichförmige Rauschen des Meeres, das sich an den Felsen brach, hallte weithin durch die Nacht, die ganze Steilküste entlang. Als die traurigen Flaneure eine Weile so dagesessen hatten, erklärte Monsieur Tournevau: »Das ist nicht lustig.« – »Nein, überhaupt nicht«, antwortete Monsieur Pimpesse; und mit kleinen Schritten setzten sie sich wieder in Bewegung.

Nachdem sie der Straße gefolgt waren, die, von einer Anhöhe überragt, »Sous-le-Bois« heißt, nahmen sie heimwärts die Bretterbrücke über die Retenue, kamen an der Eisenbahn vorbei und gelangten wieder auf die Place du Marché, wo sich plötzlich ein Streit entzündete zwischen dem Steuereinnehmer, Monsieur Pimpesse, und dem Fischpökler, Monsieur Tournevau, einen essbaren Pilz betreffend, den einer von ihnen angeblich in der Umgebung gefunden hatte.

Die Gemüter waren erhitzt durch die Langeweile, und vielleicht hätte es Handgreiflichkeiten gegeben, wären die andern nicht eingeschritten. Monsieur Pimpesse zog wütend davon; und sogleich entbrannte ein neuer Zank zwischen dem ehemaligen

Bürgermeister, Monsieur Poulin, und dem Versicherungsmakler, Monsieur Dupuis, über die Bezüge des Steuereinnehmers und die Gewinne, die er wohl einstrich. Von beiden Seiten hagelte es Beleidigungen, da entfesselte sich jäh ein Sturm kolossalen Geschreis, und der Trupp Matrosen, zermürbt vom sinnlosen Warten vor einem verriegelten Haus, ergoss sich über den Platz. Sie hatten einander untergehakt, paarweise, eine lange Prozession bildend, und sie brüllten schauerlich. Die Gruppe der Bürger versteckte sich unter einem Torbogen, und die jaulende Horde entschwand in Richtung Abtei. Lange noch hörte man das verklingende Johlen, gleich einem abziehenden Gewitter; und abermals wurde es still.

Monsieur Poulin und Monsieur Dupuis trabten, in ihrem gegenseitigen Zorn, grußlos hierhin und dorthin.

Die vier andern machten sich wieder auf den Weg und schlenderten instinktiv zum Etablissement Tellier. Es war immer noch verschlossen, stumm, abweisend. Ein Säufer hämmerte gelassen und hartnäckig gegen den Eingang zur Schenke, hielt zwischendurch inne, rief mit halblauter Stimme nach dem Kellner Frédéric. Als er einsah, dass keiner antwortete, fasste er den Entschluss, sich auf die Stufe vor der Tür zu setzen und abzuwarten.

Die Bürger wollten sich eben zurückziehen, als die lärmende Schar der Hafenmänner am Ende der Straße wiederauftauchte. Die französischen Matrosen grölten die *Marseillaise*, die englischen das *Rule, Britannia!* Alles drückte sich gegen die Mauern, dann strömte die Flut der Tollwütigen wieder in Richtung Quai, wo es zwischen den Seeleuten beider Nationen zur Schlacht kam. Im Verlauf der Prügelei wurde einem Engländer der Arm gebrochen und einem Franzosen die Nase aufgeschlitzt.

Der Säufer, der vor der Tür sitzen geblieben war, weinte jetzt, wie nur Schnapsdrosseln weinen oder beleidigte Kinder.

Die Bürger gingen schließlich auseinander.

Allmählich kehrte wieder Ruhe ein in der aufgewühlten Stadt. Hier und dort wurden gelegentlich noch Stimmen laut, erloschen dann in der Ferne.

Nur ein Mann irrte immer noch umher, Monsieur Tournevau, der Fischpökler, verzweifelt, dass er bis zum nächsten Samstag warten sollte; und er hoffte auf irgendeinen Zufall, weil er nichts begriff, weil er in Rage war, dass die Polizei einfach die Schließung eines dem Allgemeinwohl dienenden Etablissements zuließ, welches sie überwacht und beaufsichtigt.

Und er kehrte noch einmal zurück, schnüffelte an den Mauern, suchte nach dem Grund; und da entdeckte er, dass am Vordach ein Anschlag klebte. Rasch entzündete er ein Wachskerzchen und las die folgenden, in großer unregelmäßiger Schrift gemalten Worte: »*Geschlossen wegen Erstkommunion*«.

Nun machte er sich davon, denn er hatte begriffen, es war aus und vorbei.

Der Säufer schlief jetzt, der Länge nach hingestreckt vor der ungastlichen Tür.

Und tags darauf fanden sämtliche Stammgäste, einer nach dem andern, Mittel und Wege, durch die Straße zu gehen, mit irgendwelchen Schriftstücken unterm Arm, um Haltung zu wahren; und mit verstohlenem Blick las ein jeder die rätselhafte Mitteilung: »*Geschlossen wegen Erstkommunion*«.

II.

Madame hatte nämlich einen Bruder, ansässig als Tischler in ihrem gemeinsamen Heimatort Virville, Departement Eure. Einstmals, als Madame noch Gastwirtin war in Yvetot, da hatte sie die Tochter dieses Bruders übers Taufbecken gehalten und ihr den Namen Constance gegeben, Constance Rivet; denn väterlicherseits war sie selber eine Rivet. Der Tischler, der seine Schwester in guten Verhältnissen wusste, verlor sie nicht aus den Augen, obwohl die beiden nicht oft zusammenkamen, allzu beschäftigt durch ihre jeweilige Arbeit, und außerdem wohnten sie weit voneinander entfernt. Doch weil das Mädchen bald zwölf wurde und dieses Jahr zur Erstkommunion ging, ergriff er die Gelegenheit zu einer Annäherung, er schrieb seiner Schwester, er zähle auf sie bei dieser Feier. Die alten Eltern seien tot, ihrer Patentochter könne sie das nicht abschlagen; sie sagte zu. Ihr Bruder, mit Namen Joseph, hoffte, durch Aufmerksamkeiten werde er vielleicht ein Testament zugunsten der Kleinen bewirken, denn Madame war kinderlos.

Der Beruf seiner Schwester machte ihm kein Kopfzerbrechen, und zudem wusste niemand in der Gegend irgendetwas. War von ihr die Rede, so hieß es nur: »Madame Tellier ist eine Bürgersfrau in Fécamp«, was vermuten ließ, sie könne von ihrem Einkommen leben. Von Fécamp nach Virville zählte man wenigstens zwanzig Meilen; und zwanzig Meilen Land sind für Bauern schwerer zu durchmessen als der Ozean für einen Zivilisierten. Die Leute aus Virville waren nie hinausgekommen über Rouen; nichts lockte jemanden aus Fécamp in ein kleines Dorf von fünfhundert Häusern, verloren inmitten der Ebenen und noch dazu in einem andern Departement. Kurzum, man wusste nichts.

Aber die Zeit der Kommunion rückte näher, Madame war in großer Verlegenheit. Sie hatte keine Stellvertreterin und verspürte nicht die geringste Lust, ihr Haus auch nur für einen Tag alleinzulassen. Alle Rivalitäten zwischen den Damen von oben und denen von unten würden ausbrechen, unvermeidlich; außerdem würde Frédéric sich gewiss betrinken, und wenn er betrunken war, schlug er die Leute wegen nichts und wieder nichts zusammen. So beschloss sie zuletzt, ihre ganze Bagage mitzunehmen, außer den Kellner, dem sie freigab bis zum übernächsten Tag.

Der um Rat gefragte Bruder hatte keinerlei Einwand und erbot sich, der ganzen Gesellschaft für eine Nacht Quartier zu geben. Am Samstagmorgen also entführte der Acht-Uhr-Expresszug Madame und ihre Gefährtinnen in einem Wagen zweiter Klasse.

Bis Beuzeville waren sie allein und schwatzten wie die Elstern. Doch in diesem Bahnhof stieg ein Paar hinzu. Der Mann, ein alter Bauer, gekleidet in einen blauen Kittel mit gefälteltem Kragen, weiten, die Handgelenke eng umschließenden und durch weiße Stickerei verzierten Ärmeln, auf dem Kopf ein altertümlich hoher Hut, dessen rötlich verfärbtes Pelzhaar sich zu sträuben schien, hielt in einer Hand einen riesigen grünen Regenschirm und in der andern einen mächtigen Korb, aus dem drei erschrockene Entenköpfe ragten. Die Frau, steif in ihrer bäurischen Tracht, hatte das Gesicht eines Huhns, die Nase so spitz wie ein Schnabel. Sie setzte sich ihrem Mann gegenüber und verharrte reglos, eingeschüchtert von dieser unerwartet feinen Versammlung.

Und tatsächlich herrschte im Eisenbahnwagen ein Gleißen schillernder Farben. Madame, ganz in Blau, in blauer Seide von Kopf bis Fuß, trug über alldem einen Schal aus falschem französischen Kaschmir, rot, grell, schrill. Fernande schnaufte in einem Kleid mit Schottenkaro, dessen Korsage, von ihren Gefährtinnen mit aller Kraft geschnürt, ihren erschlafften Busen hochstemmte zu einer beständig wogenden doppelten Kuppel, die flüssig wirkte unter dem Stoff.

Raphaële, mit gefiedertem Kopfschmuck, der ein Nest voller Vögelchen darstellte, trug eine lila Toilette, besetzt mit Goldpailletten, etwas Orientalisches, passend zu ihrem jüdischen Gesicht. Rosa la Rosse, in rosarotem Rock mit breiten Volants, wirkte wie ein allzu dickes Kind, eine fettleibige Zwergin; und die zwei Pumpen hatten sich allem Anschein nach seltsame Gewänder aus alten Fenstervorhängen geschneidert, aus alten Vorhängen mit Rankenwerk der Restaurationszeit.

Sobald sie im Abteil nicht mehr allein waren, zeigten die Damen ein ernstes Benehmen und sprachen nur noch über gewählte Dinge, um ein gutes Bild von sich zu geben. Doch in Bolbec erschien ein Herr mit blondem Backenbart, mit Ringen und einer Goldkette, und ins Netz über seinem Kopf legte er mehrere in Wachstuch eingewickelte Pakete. Er machte einen schalkhaften und gutmütigen Eindruck. Er grüßte, lächelte und sagte leichthin: »Ziehen die Damen in eine andre Garnisonsstadt?« Diese Frage stürzte die Gruppe in peinliche Verwirrung. Madame gewann schließlich die Fassung zurück und antwortete schroff, um die Ehre ihrer Mannschaft zu retten: »Höflich könnten Sie immerhin sein!« Er entschuldigte sich: »Verzeihung, ich wollte sagen, in ein anderes Kloster.« Madame fand keine Erwiderung, oder vielleicht schien die Richtigstellung ihr hinreichend, jedenfalls nickte sie würdevoll, mit zusammengekniffenen Lippen.

Nun begann der Herr, er saß zufällig zwischen Rosa la Rosse und dem alten Bauern, den drei Enten zuzuzwinkern, deren Köpfe aus dem großen Korb schauten; als er dann merkte, dass er sein Publikum bereits fesselte, kitzelte er die Tiere unterm Schnabel und hielt ihnen lustige Reden, um die Gesellschaft aufzuheitern: »Wir haben also unser Teichlein verlassen! quak! quak! quak! – und wollen das Bratspießlein kennenlernen, – quak! quak! quak!« Die armen Tiere verdrehten den Hals, um seinen Zärtlichkeiten auszuweichen, machten furchtbare Anstrengungen, um ihrem Weidengefängnis zu entkommen, und plötzlich brach aus allen dreien gemeinsam ein klägliches Verzweiflungsgeschrei: »Quak! quak! quak! quak!« Das wiederum führte zu schallendem Gelächter bei den Frauen. Sie beugten sich vor, schubsten einander, um besser zu sehen; man interessierte sich wahnsinnig für die Enten; und der Herr steigerte Freundlichkeit, Witz und Schäkerei.

Rosa machte nun ebenfalls mit, beugte sich über die Beine ihres Sitznachbarn und küsste die drei Tiere auf die Nase. Sogleich wollte ihnen jede der Frauen auch einen Kuss geben; und der Herr setzte sich die Damen auf den Schoß, machte Hoppe Reiter, zwickte sie; duzte sie auf einmal.

Die zwei Bauersleute, verstörter noch als ihr Geflügel, rollten mit den Augen wie Besessene, wagten aber keinen Mucks, und auf ihren alten runzligen Gesichtern war kein Lächeln, war kein Zucken.

Nun offerierte der Herr, ein Handlungsreisender, den Damen aus lauter Jux Schleifen, griff nach einem seiner Pakete und öffnete es. Das war ein Trick, das Paket enthielt Strumpfbänder.

Es gab welche aus blauer Seide, aus rosa Seide, aus dunkelroter Seide, aus violetter Seide, aus blasslila Seide, aus mohnroter Seide, mit Metallhäkchen, geformt aus zwei eng umschlungenen goldnen Amoretten. Die Mädchen kreischten vor Freude, begutachteten dann die Ware, nun wieder ganz vom natürlichen Ernst jeder Frau ergriffen, die in Kleiderkram wühlt. Sie berieten sich durch Zwinkern oder ein geflüstertes Wort, antworteten einander auf dieselbe Weise, und Madame befühlte voller Verlangen ein Paar orangegelbe Strumpfbänder, breiter, stattlicher als die andern: richtige Strumpfbänder für eine Patronin.

Der Herr wartete, denn er hegte einen Plan: »Los, meine Kätzchen«, sagte er, »jetzt muss anprobiert werden.« Darauf erhob sich Protestgeschrei; und sie klemmten ihre Röcke zwischen die Beine, als fürchteten sie Gewaltsamkeiten. Er wartete in aller Ruhe auf den günstigen Augenblick. Und erklärte: »Ihr wollt nicht, ich kann wieder einpacken.« Dann raffiniert: »Wer anprobiert, bekommt ein Paar geschenkt, frei nach Wahl.« Aber sie wollten nicht, sehr würdevoll, mit steifem Oberkörper. Die zwei Pumpen wirkten jedoch so unglücklich, dass er seinen Vorschlag wiederholte. Flora Balançoire vor allem, von Begierde zermartert, zögerte ganz offensichtlich. Er drängte: »Na los, Mädchen, ein bisschen Mut; hier, das fliederblaue Paar würde gut zu deiner Garderobe passen.« Nun fasste sie sich ein Herz, und das Kleid hochhebend, zeigte sie das kräftige Bein einer Kuhhirtin, unschön verpackt in einen groben Strumpf. Der Herr bückte sich, befestigte das Strumpfband zunächst unterm Knie, anschließend darüber; und er kitzelte das Mädchen sachte, damit sie ein bisschen quietschte, unter wonnigem Schauder. Als er fertig war, übergab er das fliederblaue Paar und fragte: »Wer ist die Nächste?« Alle zugleich riefen: »Ich! ich!« Er begann mit Rosa la Rosse, die ein unförmiges Ding enthüllte, ganz rund, ohne Knöchel, eine richtige »Blutwurst von Bein«, wie Raphaële sagte. Fernande wurde von dem Handlungsreisenden komplimentiert, ihn begeisterten ihre kräftigen Säulen. Die mageren Schienbeine der schönen Jüdin hatten nicht so viel Erfolg. Louise Cocote stülpte dem Herrn zum Scherz ihren Rock über, und Madame musste eingreifen, um diesen ungehörigen Schabernack zu beenden. Zuletzt präsentierte sogar Madame ihr Bein, ein schönes normannisches Bein, feist und muskulös; und der Reisende, überrascht und entzückt, lüpfte galant seinen Hut, entbot dieser meisterlichen Wade seine Reverenz als wahrhaft französischer Ritter.

Die zwei Bauersleute, vor Grauen erstarrt, schielten zur Seite, mit nur einem Auge; und sie glichen so ganz und gar Hühnern, dass der Mann mit dem blonden Backenbart aufsprang und ihnen »Ki-ke-ri-ki« ins Gesicht krähte. Was wiederum einen Sturm der Heiterkeit auslöste.

Die Alten stiegen in Motteville aus, mit ihrem Korb, ihren Enten und ihrem Regenschirm; und im Weggehen hörte man die Frau zu ihrem Mann sagen: »Das sind Flittchen, die fahren gewiss in dieses teuflische Paris.«

Der spaßige umherreisende Hausierer stieg seinerseits in Rouen aus, nachdem er sich so flegelhaft benommen hatte, dass Madame gezwungen war, ihn scharf zurechtzuweisen. Sie zog noch ihre Moral aus der Geschichte: »Das soll uns eine Lehre sein, einfach mit dem Erstbesten zu reden.«

In Oissel stiegen sie um und trafen in einem der nächsten Bahnhöfe auf Monsieur Joseph Rivet, der sie erwartete, mitsamt einem großen Karren voller Stühle, gezogen von einem Schimmel.

Der Tischler gab all diesen Damen höflich einen Begrüßungskuss und half ihnen auf seine Karriole. Drei setzten sich auf drei Stühle hinten; Raphaële, Madame und ihr Bruder auf die drei Stühle vorn, und Rosa, die keinen Sitz hatte, platzierte sich mehr schlecht als recht auf dem Schoß der großen Fernande; dann machte sich das Gespann auf den Weg. Sogleich aber durchrüttelte der ruckartige Trab des Pferdchens den Wagen so grässlich, dass die Stühle zu hüpfen begannen und es die Reisenden in die Luft warf, nach rechts, nach links, mit Bewegungen wie Hampelmänner, bestürzten Grimassen, Angstgeschrei, jäh unterbrochen durch einen noch kräftigeren Stoß. Sie klammerten sich an die Seitenwände des Fuhrwerks; die Hüte fielen in den Rücken, auf die Nase oder seitwärts über die Schulter; und der Schimmel trabte flott, reckte den Kopf und hielt seinen Schwanz gerade, einen dünnen, haarlosen Rattenschwanz, mit dem er sich von Zeit zu Zeit über die Hinterbacken schlug. Joseph Rivet, einen Fuß ausgestreckt auf der Deichselstange, das andre Bein unter sich geklemmt, die Ellbogen hochgewinkelt, hielt die Zügel, und aus seiner Kehle drang alle Augenblick eine Art Glucksen, das Pferdchen spitzte sogleich die Ohren, beschleunigte das Tempo.

Auf beiden Seiten der Straße entrollte sich die grüne Landschaft. Der blühende Raps breitete hier und dort ein großes gelbes wogendes Tuch, von dem ein gesunder und starker Duft emporstieg, ein kräftiger und süßer Duft, weithin fortgetragen vom Wind. In den schon hohen Roggenfeldern zeigten Kornblumen ihre kleinen azurnen Köpfe, und die Frauen wollten sie pflücken, doch Monsieur Rivet weigerte sich anzuhalten. Mitunter wirkte ein ganzes Feld wie blutbegossen, so überwuchert war es von Klatschmohn. Und inmitten dieser von den Blumen der Erde buntgefärbten Ebenen fuhr die Karriole, die auch selbst einen Blumenstrauß aus noch knalligeren Farben zu befördern schien, im Trab des Schimmels, verschwand hinter den hohen Bäumen eines Gehöfts, um am Ende des Blätterwerks wiederaufzutauchen und, durch die grünen und gelben, von Rot oder Blau gesprenkelten Ernten, erneut diese leuchtende Ladung Frauen zu kutschieren, die dahineilte unter der Sonne.

Es schlug eins, als man vor der Haustür des Tischlers anlangte.

Sie waren erschöpft und blass vor Hunger, hatten seit der Abfahrt nichts zu sich genommen. Madame Rivet kam angelaufen, half einer nach der andern herunter, küsste alle, sobald sie den Boden berührten; und sie wurde nicht müde, ihre Schwägerin abzuschmatzen, wollte sie ganz für sich. Man aß in der Werkstatt, die bereits von den Hobelbänken befreit war, für das Festessen am nächsten Tag.

Ein gutes Omelett, danach eine gebratene Andouille, begossen mit gutem prickelnden Cidre, machten alle wieder fröhlich. Rivet hatte sich zum Anstoßen ein Glas genommen, und seine Frau servierte, kochte, trug die Schüsseln herbei und wieder fort, flüsterte einer jeden ins Ohr: »Sind Sie auch reichlich versorgt?« Jede Menge an der Wand lehnende Bretter und Haufen zusammengefegter

Hobelspäne verströmten einen Duft von frisch bearbeitetem Holz, einen Geruch nach Tischlerei, jenes harzige Aroma, das tief in die Lungen dringt.

Alle wollten die Kleine sehen, doch sie war in der Kirche, kam erst am Abend wieder nach Haus.

Die Gesellschaft begab sich also hinaus, erkundete die Gegend.

Es war ein ganz kleines Dorf, durchzogen von einer Landstraße. In etwa zehn Häusern, aufgereiht an diesem einzigen Weg, lebten die Kaufleute des Ortes, der Metzger, der Krämer, der Tischler, der Kneipier, der Schuster und der Bäcker. Die Kirche, am Ende dieser Art Straße, war umgeben von einem schmalen Friedhof; und vier riesige Linden, die vor ihrem Portal standen, überschatteten sie ganz und gar. Sie war aus behauenem Feuerstein erbaut, ohne irgendeinen Stil, und bekrönt von einem schiefernen Glockenturm. Hinter ihr begann wieder das offene Land, da und dort unterbrochen von Baumgruppen mit versteckten Gehöften.

Aus Großtuerei hatte Rivet, obwohl er in Arbeitskleidern war, den Arm seiner Schwester genommen und führte sie hoheitsvoll spazieren. Seine Frau, ganz aufgewühlt durch Raphaëles golddurchwirktes Kleid, hatte sich zwischen sie und Fernande gezwängt. Die dralle Rosa trottete hinterher mit Louise Cocote und Flora Balançoire, die völlig erschöpft humpelte.

Die Dorfbewohner traten unter ihre Türen, die Kinder hielten inne im Spiel, hinter einem hochgehobenen Vorhang zeigte sich eine baumwollene Zipfelmütze; eine halbblinde Alte mit Krücken bekreuzigte sich wie angesichts einer Prozession; und jeder folgte mit dem Blick lange all den schönen Damen aus der Stadt, die von so weit hergereist waren, zur Erstkommunion der Kleinen von Joseph Rivet. Ungeheure Achtung vor dem Tischler machte sich breit.

Bei der Kirche dann hörten sie Kindergesang: ein von dünnen, hohen Stimmen gen Himmel geschriebenes Loblied; doch Madame verbot ihnen hineinzugehen, diese Engelchen dürfe man nicht stören.

Nach einem Umweg übers Land und einer Aufzählung der wichtigsten Bauernhöfe, des Bodenertrags sowie des Viehbestands geleitete Joseph Rivet seine Frauenherde wieder zurück und brachte sie in sein Haus.

Da alles sehr beengt war, hatte man sie paarweise auf die Zimmer verteilt.

Rivet wollte dieses eine Mal in der Werkstatt schlafen, auf den Hobelspänen, seine Frau ihr Bett mit der Schwägerin teilen, und im Raum daneben würden Fernande und Raphaële Seite an Seite ruhen. Louise und Flora waren in der Küche untergebracht, auf einer Matratze am Boden; und Rosa bekam für sich allein ein finsteres Kämmerchen über der Treppe, dicht beim Eingang zu einem schmalen Verschlag, wo für diese Nacht die Erstkommunikantin schlafen sollte.

Als das kleine Mädchen heimkehrte, wurde sie mit Küssen überschüttet; alle Frauen wollten lieb zu ihr sein, aus jenem Bedürfnis nach zärtlichem Überschwang, aus jener professionellen Kosegewohnheit, deretwegen sie alle im Eisenbahnwagen auch die Enten geküsst hatten. Jede Einzelne nahm sie auf den Schoß, streichelte ihr feines blondes Haar, umarmte sie mit heftigen und spontanen Gefühlsausbrüchen. Das Kind, sehr artig, erfüllt von Gottesfurcht, ganz verschlossen durch die Absolution, ließ alles mit sich geschehen, geduldig und fromm.

Der Tag war für alle anstrengend gewesen, und so ging man nach dem Essen rasch zu Bett. Die grenzenlose Stille der Felder, die beinah andächtig wirkte, umhüllte das kleine Dorf, eine friedliche Stille, die alles durchdrang und bis hinauf reichte zu den Gestirnen. Die Mädchen, gewöhnt an die turbulenten Abende im öffentlichen Haus, waren aufgewühlt durch diese stumme Ruhe der schlafenden Fluren. Sie spürten Schauer auf der Haut, nicht vor Kälte, sondern Schauer der Einsamkeit, die heraufstiegen aus dem ängstlichen und verwirrten Herz.

Sobald sie in ihrem Bett lagen, je zwei und zwei, umschlangen sie einander, als wollten sie sich wehren gegen die Überwältigung durch den stillen und tiefen Schlaf der Erde. Doch Rosa la Rosse, allein in ihrem finsteren Kämmerchen und kaum gewöhnt, mit leeren Armen zu schlafen, fühlte sich von einer diffusen und quälenden Unruhe erfasst. Sie wälzte sich hin und her auf ihrem Lager, fand keinen Schlaf, da hörte sie hinter der Holzwand, ganz nah bei ihrem Kopf, ein leises Schluchzen wie von einem Kind, das weint. Erschrocken rief sie vorsichtig, und eine stockende, schwache Stimme antwortete ihr. Es war das kleine Mädchen, sie schlief sonst im Zimmer ihrer Mutter und hatte Angst in dem schmalen Verschlag.

Glücklich erhob sich Rosa und schlich leise, um keinen zu wecken, das Kind holen. Sie nahm es mit in ihr wohlig warmes Bett, drückte es unter Küssen an die Brust, hätschelte es, umgab es mit übertrieben bekundeter Zärtlichkeit, sodass sie, endlich selbst besänftigt, einschlief. Und bis Tagesanbruch ruhte der Kopf der Erstkommunikantin auf dem nackten Busen der Prostituierten.

Schon um fünf, beim *Angelus*, weckte das laut bimmelnde Kirchenglöckchen die Damen, die üblicherweise den ganzen Vormittag verschliefen, einzige Erholung von den nächtlichen Strapazen. Die Bauern im Dorf waren bereits auf den Beinen. Die Frauen aus dem Ort liefen geschäftig von Tür zu Tür, schwatzten aufgeregt, brachten unter größter Vorsicht kurze Musselinkleider, steif gestärkt wie Karton, oder riesige Kerzen mit einer Seidenschleife samt Goldfransen in der Mitte und mit Wachsmarkierungen, die anzeigten, wo man sie halten musste. Die schon hoch stehende Sonne strahlte in einem blitzblauen Himmel, der am Horizont noch eine zartrosa Färbung zeigte, wie eine hauchfeine Spur der Morgenröte. Hühnerfamilien stolzierten vor ihren Häusern umher; und hier oder dort hob ein schwarzer Hahn mit schimmerndem Hals den purpurn gekrönten Kopf, schlug mit den Flügeln und schmetterte seinen Trompetenschrei in den Wind, rasch wiederholt von anderen Hähnen.

Allerlei Karriolen kamen aus den Nachbargemeinden, entluden vor den Türschwellen großgewachsene Normanninen in dunklen Kleidern, das Fichu auf der Brust gekreuzt und festgehalten von einem jahrhundertealten silbernen Schmuckstück. Die Männer hatten den blauen Kittel über den neuen Gehrock oder den alten Frack aus grünem Tuch gezogen, sodass die Schöße hervorschauten.

Als die Pferde im Stall waren, stand entlang der ganzen Landstraße eine doppelte Reihe von klobigen Kästen, Karren, Kabrioletts, Tilburys, Fuhrwerken mit Bänken, Wagen jeder Form und jeden Alters, vornüber geneigt oder hinten aufgekippt und Deichselstangen gen Himmel.

Das Haus des Tischlers glich einem Bienenstock. Die Damen, in Hemdchen und Unterrock, das Haar lose auf den Rücken fallend, spärliches und kurzes Haar, wie matt und zerschlissen von langem Gebrauch, waren mit dem Ankleiden des Kindes beschäftigt.

Die Kleine stand auf einem Tisch und regte sich nicht, während Madame Tellier die Bewegungen ihres fliegenden Bataillons dirigierte. Man wusch, man kämmte, frisierte, kleidete sie, und mit Hilfe einer Vielzahl von Stecknadeln ordnete man die Falten des Kleides, korrigierte die allzu weite Taille, vollendete die Eleganz der Aufmachung. Sowie alles fertig war, setzte man die Kleine hin und befahl ihr, sich nicht mehr zu rühren; und der schwirrende Frauentrupp lief sich nun seinerseits putzen.

Die kleine Kirche begann wieder zu läuten. Das zarte Gebimmel einer armseligen Glocke stieg empor und verlor sich im Himmel, wie eine allzu schwache Stimme, rasch entschwunden in blauer Unendlichkeit.

Die Erstkommunikanten traten aus den Türen, gingen in Richtung Gemeindehaus, das die beiden Schulen und die Bürgermeisterei beherbergte und sich ganz am Ende der Ortschaft befand, während das »Haus Gottes« am anderen Ende lag.

Die Eltern, in Festkleidung, mit verlegener Miene und den linkischen Bewegungen von Körpern, die immer nur über die Arbeit gekrümmt sind, folgten ihrer Brut. Die kleinen Mädchen verschwanden in einer Wolke von schneeigem Tüll, Schlagsahne ähnlich, während die kleinen Männer, wie Embryonen von Oberkellnern, die Köpfe mit Brillantine verkleistert, breitbeinig einherschritten, um ihre schwarzen Hosen nicht schmutzig zu machen.

Es war eine Ehre für jede Familie, wenn möglichst viele, von weither gekommene Verwandte das Kind umringten: und so war der Triumph des Tischlers grenzenlos. Das Tellier-Regiment, mit der Patronin vorneweg, folgte Constance; der Vater hatte seine Schwester am Arm, die Mutter schritt neben Raphaële, Fernande mit Rosa, die zwei Pumpen nebeneinander, und so marschierte der Trupp würdevoll wie ein Generalstab in Galauniform.

Die Wirkung auf das Dorf war überwältigend.

In der Schule nahmen die Mädchen Aufstellung unter der Flügelhaube der geistlichen Schwester, die Jungen unter dem Hut des Lehrers, ein schöner Mann, der etwas hermachte; und einen Lobgesang anstimmend zog man von dannen.

Die männlichen Kinder an der Spitze defilierten in zwei Schlangen zwischen den zwei Reihen abgespannter Wagen, die Mädchen folgten in gleicher Ordnung; und da alle Dorfbewohner den städtischen Damen aus Hochachtung den Vortritt gelassen hatten, kamen sie unmittelbar hinter den Kleinen, die Doppelreihe der Prozession noch verlängernd, drei links und drei rechts, mit ihren Toiletten, leuchtend wie das Bukett eines Feuerwerks.

Ihr Einzug in die Kirche erregte das Volk. Man drängelte, wandte den Kopf, schubste einander, um sie zu sehen. Und die Frömmlerinnen redeten beinahe laut, verdutzt über den Anblick dieser Damen, scheckiger als die Kaseln der Vorsänger. Der Bürgermeister erbot seine Bank, die vorderste Bank gleich rechts beim Chor, und Madame Tellier nahm Platz mit ihrer Schwägerin, Fernande und Raphaële. Rosa la Rosse und die zwei Pumpen setzten sich in die zweite Bank, gemeinsam mit dem Tischler.

Der Kirchenchor war angefüllt mit knienden Kindern, Mädchen auf der einen Seite, Jungen auf der andern, und die langen Kerzen in ihren Händen wirkten wie in alle Richtungen zeigende Lanzen.

Vor dem Notenpult standen drei Männer und sangen mit mächtiger Stimme. Sie zogen die volltönenden lateinischen Silben endlos in die Länge, dehnten die *Amen* mit ewigen *a-a*, die der Serpent durch seinen monotonen, unaufhörlich geschmetterten Klang unterstützte, hinausgebrüllt von dem breitmauligen Blechblasinstrument. Die hohe Stimme eines Kindes antwortete, und von Zeit zu Zeit erhob sich ein Priester, geschmückt mit einem viereckigen Birett, aus seinem Chorstuhl, brabbelte etwas und setzte sich wieder, während die drei Vorsänger von neuem loslegten, mit starrem Blick auf das dicke Gesangbuch, das aufgeschlagen vor ihnen lag, getragen von den weit ausgespannten Flügeln eines schwenkbaren hölzernen Adlers.

Dann wurde es still. Die ganze Versammlung sank in einer einzigen Bewegung auf die Knie, und nun erschien der die Messe zelebrierende Priester, alt, ehrwürdig, mit weißem Haar, über den Kelch gebeugt, den er in seiner Linken trug. Vor ihm gingen die zwei Diener in rotem Gewand und hinter ihm kam eine Schar von Sängern mit derbem Schuhwerk, die sich zu beiden Seiten des Chors aufreihten.

Ein kleines Glöckchen bimmelte inmitten der großen Stille. Die heilige Messe begann. Der Priester bewegte sich langsam vor dem goldenen Tabernakel, machte Kniebeugen, psalmodierte mit seiner brüchigen, alterszittrigen Stimme die einleitenden Gebete. Sowie er verstummt war, ertönten auf einen Schlag alle Sänger und der Serpent, und es sangen auch Männer in der Kirche, mit nicht ganz so lauter Stimme, demütiger, wie Gottesdienstbesucher singen müssen.

Plötzlich erscholl das *Kyrie Eleison* gen Himmel, entströmte jeder Brust und jedem Herzen. Staubkörner und Teilchen von wurmstichigem Holz rieselten sogar von dem alten Gewölbe, erschüttert durch diese Explosion von Geschrei. Die Sonne, die auf das Schieferdach fiel, machte die kleine Kirche zu einem Backofen; und eine große Aufgeregtheit, eine ängstliche Erwartung, das Nahen des unsagbaren Mysteriums, dies alles schnürte den Kindern das Herz zusammen, steckte ihren Müttern in der Kehle.

Der Priester, der sich für eine Weile gesetzt hatte, stieg wieder hinauf zum Altar, und mit bloßem Kopf, bedeckt nur von seinem silbernen Haar, näherte er sich unter tapsigen Gebärden dem übernatürlichen Akt.

Er drehte sich zu den Gläubigen, und ihnen die Hände entgegenstreckend sprach er: »*Orate, fratres*«, »betet, meine Brüder«. Sie beteten alle. Der alte Pfarrer stammelte nun leise die geheimnisvollen und höchsten Worte; das Glöckchen bimmelte Schlag auf Schlag; die kniende Menge rief nach Gott; den Kindern schwanden die Sinne vor maßloser Angst.

Da erinnerte sich Rosa, die Stirn in beide Hände gestützt, plötzlich an ihre Mutter, die Kirche in ihrem Dorf, ihre Erstkommunion. Sie wähnte sich zurückversetzt an jenen Tag, als sie so klein war, ganz verloren in ihrem weißen Kleid, und sie begann zu weinen. Anfangs weinte sie leise: die Tränen kullerten langsam unter den Lidern hervor, dann wurde die Rührung durch ihre Erinnerungen größer, und einen Kloß im Hals, mit pochender Brust schluchzte sie heftig. Sie hatte ihr Taschentuch hervorgezogen, trocknete sich die Augen, presste es gegen Nase und Mund, um nicht zu schreien: vergeblich; eine Art Röcheln entrang sich ihrem Busen, und ihr antworteten zwei andere tiefe, herzzerreißende Seufzer; denn ihre beiden niedergesunkenen Nachbarinnen, Louise und Flora, heimgesucht von den gleichen fernen Erinnerungen, stöhnten ebenfalls unter Tränenströmen.

Weil Tränen jedoch ansteckend sind, bekam Madame ihrerseits bald feuchte Augen, und als sie sich ihrer Schwägerin zuwandte, sah sie, ihre ganze Bank weinte auch.

Der Priester zeugte den Leib Gottes. Die Kinder vermochten nicht mehr zu denken, hingeworfen auf die Steinfliesen durch eine Art frommer Angst; und manch eine Frau, Mutter, Schwester, bald hier, bald dort in der Kirche, überwältigt von dem seltsamen

Einklang brennender Gefühle, verstört auch durch diese schönen knienden Damen, die geschüttelt wurden von Schaudern und Schluchzern, weinte ihr kariertes Baumwolltaschentuch nass und drückte die linke Hand fest gegen das wild klopfende Herz.

Wie der Funke, der auf einem reifen Feld das Feuer entfacht, so erfassten die Tränen Rosas und ihrer Gefährtinnen im Nu die ganze Menge. Männer, Frauen, Greise, junge Burschen in neuen Kitteln, bald heulten alle, und über ihren Köpfen schien etwas Übermenschliches zu schweben, eine ausgebreitete Seele, der wundersame Hauch eines unsichtbaren und allmächtigen Wesens.

Da erklang im Chor der Kirche ein kurzer, harter Ton: mit einem Schlag auf ihr Buch gab die geistliche Schwester das Zeichen zur Kommunion; von einem göttlichen Fieber geschüttelt, traten die Kinder an den heiligen Tisch.

Eine ganze Reihe kniete nieder. Der alte Pfarrer, in der Hand das Ziborium aus vergoldetem Silber, schritt an ihnen vorüber und gab einem jeden, zwischen zwei Fingern, die geweihte Hostie, den Leib Christi, die Erlösung der Welt. Sie öffneten den Mund unter Zuckungen, nervösen Grimassen, die Augen geschlossen, die Wangen kreidebleich; und das lange Tuch, ausgespannt unter ihren Gesichtern, bebte wie strömendes Wasser.

Auf einmal durchlief eine Art Irrsinn die Kirche, das Tosen einer Menge im Delirium, ein Sturm aus

Seufzern und ersticktem Geschrei. Es war wie jene Windstöße, die Wälder umlegen; der Priester stand da, reglos, eine Hostie in der Hand, vor Rührung gelähmt, und sagte sich: »Das ist Gott, das ist Gott, der unter uns ist, der seine Gegenwart offenbart, der durch meine Stimme herabkommt auf sein kniendes Volk.« Und er stammelte wirre Gebete, ohne die Worte zu finden, Gebete aus der Seele, in einem entfesselten Aufschwung gen Himmel.

Er beendete das Austeilen der Kommunion in solcher Überreiztheit des Glaubens, dass ihm die Beine wankten, und als er das Blut seines Herrn getrunken hatte, versank er in besinnungslosem Dank.

Hinter ihm beruhigte sich allmählich das Volk. Die Sänger, imposant in der Würde des weißen Chorhemds, setzten nun wieder ein, die Stimmen jedoch weniger fest, noch tränenerstickt; und auch der Serpent klang heiser, als habe sogar das Instrument geweint.

Da hob der Priester die Hände, gebot ihnen zu schweigen, und zwischen den zwei Reihen in Glücksekstasen schwelgender Erstkommunikanten trat er an das Gitter des Chors.

Die Versammelten hatten unter lautem Stühlerücken Platz genommen, und jetzt schnäuzte sich alles kräftig. Sowie man den Pfarrer erblickte, wurde es still, und er begann in sehr leisem, zögerndem, rauhem Ton zu sprechen. »Meine lieben Brüder, meine lieben Schwestern, meine Kinder, ich danke euch aus ganzem Herzen: ihr habt mir soeben die größte Freude meines Lebens beschert. Ich habe Gott gespürt, der herabkam auf uns, durch meinen Ruf. Er ist gekommen, er war hier, gegenwärtig, erfüllte eure Seelen, ließ eure Augen überlaufen. Ich bin der älteste Priester in der Diözese, ich bin heute auch ihr glücklichster. Ein Wunder ist geschehen unter uns, ein wahres, ein großes, ein erhabenes Wunder. Während Jesus Christus zum ersten Mal in den Körper dieser Kleinen eindrang, ist der Heilige Geist, der himmlische Vogel, der Hauch Gottes auf euch niedergegangen, hat sich eurer bemächtigt, hat euch ergriffen, gebeugt wie Schilfrohr im Wind.«

Dann, mit hellerer Stimme, sich den zwei Bänken zuwendend, wo die Gäste des Tischlers saßen: »Dank vor allem an euch, meine lieben Schwestern, die ihr von so weit hergekommen seid, eure Anwesenheit unter uns, euer sichtbarer Glaube, eure so lebendige Frömmigkeit war für alle ein heilsames Beispiel. Ihr seid eine Erbauung für meine Gemeinde; eure Ergriffenheit hat die Herzen erwärmt; ohne euch wäre dieser große Tag vielleicht nicht so wahrhaft göttlich geworden. Manchmal genügt ein einziges auserlesenes Schaf, und der Herr entschließt sich, herabzukommen auf die Herde.«

Ihm versagte die Stimme. Er sagte noch: »Gnade wünsche ich euch. Amen.« Und stieg wieder hinauf zum Altar, um die Messe fertig zu zelebrieren.

Jetzt hatten alle es eilig. Die Kinder wurden unruhig, erschöpft nach so langer geistiger Anspannung. Außerdem hatten sie Hunger, und die Eltern verschwanden nach und nach, ohne das letzte Evangelium abzuwarten, denn es brauchte noch Vorbereitungen für das Mittagsmahl.

Beim Hinausgehen herrschte Gedränge, ein lärmendes Gedränge, ein Durcheinander von gellenden Stimmen, und darin sang der normannische Tonfall. Die Bevölkerung bildete ein Spalier, und als die Kinder auftauchten, stürzte sich jede Familie auf das eigene.

Constance wurde gepackt, umringt, abgeküsst von der ganzen Frauensippschaft. Rosa vor allem konnte sie gar nicht genug umarmen. Schließlich nahm sie ihre Hand, Madame Tellier ergriff die andere; Raphaële und Fernande hoben das lange Musselinröckchen hoch, damit es nicht im Staub schleifte; Louise und Flora beschlossen den Zug mit Madame Rivet; und das Kind, andächtig, ganz durchdrungen von dem Gott, den es in sich trug, machte sich auf den Weg, inmitten dieses Ehrengeleits.

Das Festessen wurde in der Werkstatt serviert, auf langen Brettern, getragen von Querbalken.

Die offene Tür ging zur Straße und ließ die ganze Freude des Dorfes herein. Überall wurde geschmaust. Durch jedes Fenster sah man Tischgesellschaften im Sonntagsstaat, und Gejohle drang aus den beschwipsten Häusern. Die Bauern, in Hemdsärmeln, tranken gläserweise unverdünnten Cidre, und in der Mitte jeder Gesellschaft erblickte man zwei Kinder, hier zwei Mädchen, dort zwei Jungen, die in einer der beiden Familien speisten.

Manchmal rollte in der drückenden Mittagshitze ein Fuhrwerk mit Bänken im schlenkrigen Trab eines alten Gauls durch die Ortschaft, und der Mann im Kittel, der es lenkte, warf einen neidischen Blick auf all diese protzige Schlemmerei.

Im Haus des Tischlers zeigte die Fröhlichkeit noch eine gewisse Zurückhaltung, einen Rest von der morgendlichen Ergriffenheit. Nur Rivet war in Fahrt und trank über die Maßen. Madame Tellier schaute immerzu auf die Uhr, wollten sie nämlich nicht zwei Tage hintereinander blaumachen, dann mussten sie den Zug um 3 Uhr 55 nehmen und wären gegen Abend in Fécamp.

Der Tischler gab sich allergrößte Mühe, die Aufmerksamkeit zu zerstreuen und seine Gäste bis zum nächsten Tag dazubehalten; doch Madame ließ sich nicht ablenken; wenn es ums Geschäft ging, verstand sie keinen Spaß.

Sowie der Kaffee ausgetrunken war, befahl sie ihren Zöglingen, sich rasch fertigzumachen; dann, an ihren Bruder gewandt: »Du gehst sofort anspannen«, und sie selbst kümmerte sich um letzte Vorkehrungen.

Als sie wieder herunterkam, wartete ihre Schwägerin, um mit ihr über die Kleine zu reden; und es entspann sich ein langes Gespräch, in dem nichts entschieden wurde. Die Bäuerin spielte zuletzt die Gerührte, und Madame Tellier, das Kind auf dem Schoß, verpflichtete sich zu nichts, gab vage Versprechen: Man werde sich kümmern, all das habe noch Zeit, man sehe sich ja bald wieder.

Aber der Wagen erschien nicht, und keine der Frauen kam herunter. Man hörte von oben sogar lautes Lachen, Geschubse, Kreischerei, In-die-Hände-Klatschen. Während sich die Gattin des Tischlers in den Stall begab, um nachzusehen, ob das Gespann bereitstand, ging Madame schließlich hinauf.

Rivet, ziemlich angesoffen und beinah entkleidet, suchte, freilich vergebens, Rosa Gewalt anzutun, die vor Lachen fast ohnmächtig war. Die zwei Pumpen hielten seine Arme fest und wollten ihn beruhigen, entrüstet über diese Szene nach der morgendlichen Feier; Raphaële und Fernande jedoch reizten ihn, gekrümmt vor Heiterkeit hielten sie sich den Bauch; und stießen spitze Schreie aus bei jedem neuen sinnlosen Versuch des Trunkenbolds. Der Mann, zornig, mit rotem Gesicht, halbnackt, die beiden an ihm festgekrallten Frauen in wilden Bewegungen abschüttelnd, zerrte mit aller Kraft an Rosas Rock und geiferte: »Schlampe, du willst nicht?« Doch Madame stürzte sich empört auf den Bruder, packte ihn an den Schultern und stieß ihn mit solcher Wucht hinaus, dass er gegen die Wand prallte.

Eine Minute später hörte man ihn unten im Hof, wo er sich Wasser auf den Kopf pumpte; und als er wiederauftauchte in seiner Karriole, war er schon ganz besänftigt.

Man machte sich auf den Weg wie am Vorabend, und das kleine weiße Pferd fiel erneut in seinen lebhaften, tänzelnden Gang.

Unter der stechenden Sonne kam die beim Essen ermüdete Ausgelassenheit wieder zum Vorschein. Jetzt amüsierten sich die Mädchen über das Gerüttel des alten Kastens, schubsten sogar die Stühle ihrer Nachbarinnen, lachten jeden Augenblick schrill, nicht zuletzt in Fahrt gebracht durch Rivets misslungene Versuche.

Ein irres Licht erfüllte die Felder, ein Licht, das in den Augen funkelte; und die Räder wirbelten zwei Staubstreifen in die Luft, die auf der Landstraße noch lange herflogen hinter dem Wagen.

Plötzlich bat Fernande, die Musik liebte, Rosa möge doch singen; und diese begann frischweg mit dem *Dicken Pfarrer aus Meudon*. Doch Madame brachte sie sofort zum Schweigen, fand dieses Lied unschicklich an so einem Tag. Sie sagte: »Sing doch lieber etwas von Béranger.« Rosa zögerte ein paar Sekunden, traf dann ihre Wahl und intonierte mit verlebter Stimme die *Großmutter*:

Meine Großmutter sagte abends beim Fest,
nach einem Schluck guten Weins,
und wackelte hin und her mit dem Kopf:
Wieviel Liebste hatte ich einst!

Wie leid ist mir
um den molligen Arm,
das Bein so wohl geformt
und all die verlorene Zeit!

Und der Mädchenchor, den Madame selbst anführte, wiederholte:

Wie leid ist mir
um den molligen Arm,
das Bein so wohl geformt
und all die verlorene Zeit!

»Das ist gelungen!«, erklärte Rivet, aufgereizt durch den Rhythmus; und sogleich sang Rosa weiter:

Was, Mama, ihr wart nicht brav?
Nein, fürwahr! und meine Reize,
die lernt ich gebrauchen mit fünfzehn,
denn nachts fand ich keinen Schlaf.

Alle zusammen grölten den Refrain; und Rivet stampfte mit dem Fuß auf seine Deichselstange, schlug mit den Zügeln den Takt auf dem Rücken des weißen Pferdchens, das in Galopp fiel, als würde es mitgerissen vom feurigen Tempo, in einen stürmischen Galopp, der die Damen auf einen Haufen warf, übereinander, hinten im Wagen.

Sie rappelten sich hoch, lachten wie Verrückte.

Und das Lied ging weiter, lauthals hinausgejohlt übers Land, unter dem sengenden Himmel, inmitten der reifenden Ernte, im entfesselten Schritt des kleinen Pferdes, das jetzt bei jedem neuen Refrain durchging und immer seine hundert Meter Galopp hinlegte, zur großen Freude der Reisenden.

Hin und wieder hob ein Steinklopfer das Haupt und blickte durch seine Drahtmaske dieser rasenden und grölenden Karriole hinterher, die davonjagte im Staub.

Als man vor dem Bahnhof ausstieg, wurde der Tischler rührselig: »Wie schade, dass ihr wegmüsst, wir hätten uns hübsch amüsiert.«

Madame erwiderte voller Vernunft: »Alles zu seiner Zeit, man kann sich nicht immer vergnügen.« Da erhellte ein Gedanke Rivets Geist: »Ah«, sagte er, »ich werd euch nächsten Monat besuchen, in Fécamp.« Und er betrachtete Rosa mit pfiffiger Miene, glänzendem und lüsternem Blick. »Schon gut«, beschied Madame, »bleib anständig, komm, wenn du willst, aber Dummheiten machst du mir keine.«

Er antwortete nicht, und da man den Zug pfeifen hörte, begann er unverzüglich alle abzuküssen. Als Rosa an der Reihe war, suchte er hartnäckig ihren Mund zu erwischen, den sie ihm, hinter zusammengekniffenen Lippen kichernd, jedes Mal durch eine rasche Bewegung zur Seite entzog. Er hielt sie in den Armen, konnte jedoch nichts erreichen, behindert durch seine lange Peitsche, die er noch immer in der Hand hatte und mit der er, sich verzweifelt abmühend, hinter dem Rücken des Mädchens herumfuchtelte.

»Die Reisenden nach Rouen, einsteigen!«, rief der Bahnwärter. Und das taten sie.

Es ertönte ein kurzer Pfiff, sogleich wiederholt durch das mächtige Pfeifen der Maschine, die geräuschvoll ihren ersten Dampfstrahl ausspie, während die Räder sich langsam, mit sichtbarer Anstrengung zu drehen begannen.

Rivet lief aus dem Bahnhofsgebäude hinüber zur Schranke, um noch einmal Rosa zu sehen; und als der Wagen, angefüllt mit dieser menschlichen Ware, an ihm vorüberfuhr, ließ er seine Peitsche knallen, hüpfte und sang aus Leibeskräften:

Wie leid ist mir
um den molligen Arm,
das Bein so wohl geformt
und all die verlorene Zeit!

Dann blickte er einem entschwindenden weißen Taschentuch hinterher, das jemand schwenkte.

III.

Sie schliefen bis zur Ankunft, den sanften Schlaf eines zufriedenen Gewissens; und als sie ihr Logis betraten, erfrischt, ausgeruht für die allabendliche Arbeit, da konnte Madame nicht anders und sagte: »Trotzdem, ich hab mich schon zurückgesehnt nach unserm Haus.«

Schnell wurde gegessen, und als man wieder Gefechtskleidung trug, wartete man auf die üblichen Gäste; und die brennende kleine Laterne, die kleine Madonnenlaterne verkündete den Passanten, dass die Schafherde heimgekehrt war in ihren Stall.

Im Nu verbreitete sich die Nachricht, man weiß nicht wie, man weiß nicht durch wen. Monsieur Philippe, der Sohn des Bankiers, ging in seiner Gefälligkeit so weit, Monsieur Tournevau durch Eilbrief zu verständigen, denn dieser saß gefangen in seiner Familie.

Der Fischpökler hatte ausgerechnet jeden Sonntag mehrere Vettern zum Diner, und eben war man beim Kaffee angelangt, da erschien ein Mann mit einem Schrieb in der Hand. Monsieur Tournevau, ganz aufgeregt, öffnete den Umschlag und erbleichte: Darin standen nur die folgenden, mit Bleistift hingeworfenen Worte: *»Ladung Kabeljau wiedergefunden; Schiff eingelaufen; gutes Geschäft. Kommen Sie rasch.«*

Er wühlte in seinen Taschen, gab dem Boten zwanzig Centime, und plötzlich bis über beide Ohren errötend: »Ich muss«, sagte er, »nochmal raus.« Und er reichte seiner Frau das knappe und mysteriöse Billett. Er läutete, und als das Hausmädchen kam: »Meinen Überzieher, schnell, schnell, und meinen Hut.« Kaum auf der Straße, rannte er los, eine Melodie pfeifend, und der Weg schien ihm doppelt lang, so fiebrig war seine Ungeduld.

Das Etablissement Tellier wirkte festlich. Im Erdgeschoss machten die grellen Stimmen der Hafenmänner einen ohrenbetäubenden Lärm. Louise und Flora wussten nicht, auf wen hören, tranken mit dem einen, tranken mit dem andern, verdienten mehr denn je ihren Spitznamen »zwei Pumpen«. Überall rief man gleichzeitig nach ihnen; sie kamen schon jetzt nicht mehr nach mit der Arbeit, und die Nacht schien mühsam zu werden für die zwei.

Der Kreis im ersten Stock war um neun vollzählig versammelt. Monsieur Vasse, der Richter am Handelsgericht, Madames offizieller, wenn auch platonischer Verehrer, plauderte leise mit ihr in einem Winkel; und sie lächelten beide, als käme bald eine Übereinkunft zustande. Monsieur Poulin, der ehemalige Bürgermeister, hielt Rosa rittlings auf dem Schoß; und sie, ihre Nase an seiner Nase, kraulte mit kurzen Händchen den weißen Backenbart des Biedermanns. Ein Stück nackter Schenkel lugte hervor unter dem hochgerutschten gelbseidenen Rock, hob sich ab vom schwarzen Tuch der Hose, und die roten Strümpfe umschloss ein blaues Band, Geschenk des Handlungsreisenden.

Die große Fernande, hingestreckt auf dem Sofa, hatte alle zwei Füße auf dem Bauch von Monsieur Pimpesse, dem Steuereinnehmer, und den Oberkörper auf der Weste des jungen Monsieur Philippe, dessen Hals sie mit ihrer Rechten umschlang, in der Linken dagegen hielt sie eine Zigarette.

Raphaële schien in Verhandlung mit Monsieur Dupuis, dem Versicherungsmakler, und sie beschloss die Unterredung mit den Worten: »Ja, mein Liebling, heute Abend will ich gern.« Dann, ganz allein eine flotte Walzerrunde durch den Salon drehend: »Heute Abend, alles, was ihr wollt«, rief sie.

Die Tür öffnete sich plötzlich, und Monsieur Tournevau stand im Raum. Begeisterte Schreie ertönten: »Es lebe Tournevau!« Und Raphaële, die immer noch wirbelte, fiel ihm an die Brust. Er umfing sie mit prachtvollem Griff, und ohne ein Wort hob er sie hoch wie eine Feder, durchmaß den Salon, erreichte die Tür ganz hinten und verschwand auf der Treppe zu den Zimmern mit seiner lebendigen Last, inmitten von Beifallgeklatsche.

Rosa, die den ehemaligen Bürgermeister aufreizte, ihn ein ums andermal küsste und zugleich beidseits am Backenbart zog, um seinen Kopf gerade zu halten, nutzte das gute Beispiel: »Los, mach's ihm nach«, sagte sie. Da erhob sich der Biedermann, strich seine Weste glatt und folgte dem Mädchen, tief in die Tasche greifend, wo sein Geld schlief.

Fernande und Madame blieben allein mit den vier

Männern, und Monsieur Philippe rief: »Ich zahle Champagner: Madame Tellier lassen Sie drei Flaschen bringen.« Da drückte ihn Fernande an sich und flüsterte in sein Ohr: »Spiel uns was zum Tanzen, ja, bitte?« Er stand auf, und sich an das uralte Spinett setzend, das in einer Ecke vor sich hin döste, entlockte er dem ächzenden Bauch der Maschine einen Walzer, einen heiseren, rührseligen Walzer. Das große Mädchen umschlang den Steuereinnehmer, Madame sank in die Arme von Monsieur Vasse; und die zwei Paare drehten sich, gaben einander Küsse. Monsieur Vasse, der einstmals in der vornehmen Welt getanzt hatte, scharwenzelte, und Madame betrachtete ihn mit gebanntem Blick, mit jenem Blick, der »ja« sagt, ein »Ja«, diskreter und köstlicher als jedes Wort!

Frédéric brachte den Champagner. Der erste Korken knallte, und Monsieur Philippe spielte die Aufforderung zu einer Quadrille.

Die vier Tänzer vollführten sie in mondäner Manier, schicklich, würdevoll, mit Geziere, Knicksen und Verbeugungen.

Danach wurde getrunken. Nun erschien auch wieder Monsieur Tournevau, zufrieden, erleichtert, strahlend. Er rief: »Ich weiß nicht, was Raphaële hat, aber sie ist perfekt heute Abend.« Als man ihm dann ein Glas reichte, leerte er es in einem Zug, brummelnd: »Donnerwetter, was für ein Luxus!«

Sogleich intonierte Monsieur Philippe eine flotte Polka, und Monsieur Tournevau entschwebte mit der schönen Jüdin, die er in der Luft hielt, ohne dass ihre Füße den Boden berührten. Monsieur Pimpesse und Monsieur Vasse waren mit frischem Schwung losgeprescht. Von Zeit zu Zeit verweilte eins der Paare am Kamin, um einen Kelch Schaumwein zu schlürfen; und der Tanz drohte sich in die Länge zu ziehen, da öffnete Rosa die Tür, einen Kerzenleuchter in der Hand. Sie war in Schlappen, im Unterhemd, ganz zerzaust, ganz aufgekratzt, ganz rot: »Ich will tanzen«, rief sie. Raphaële fragte: »Und dein Alter?« Rosa lachte hellauf: »Der? schläft schon, schläft immer sofort.« Sie griff nach Monsieur Dupuis, der unbeschäftigt auf dem Sofa sitzen geblieben war, und die Polka ging weiter.

Aber die Flaschen waren leer: »Ich zahl eine«, erklärte Monsieur Tournevau. »Ich auch«, verkündete Monsieur Vasse. »Ebenso«, beschloss Monsieur Dupuis. Worauf alle klatschten.

Die Sache mauserte sich, wurde ein richtiger Ball. Ab und zu kamen sogar Louise und Flora auf einen Sprung nach oben, drehten schnell eine Walzerrunde, während unten ihre Gäste ungeduldig wurden; dann rannten sie zurück in ihre Schenke, das Herz schwer von Bedauern.

Um Mitternacht wurde immer noch getanzt. Hin und wieder verschwand eines der Mädchen, und wenn man nach ihr suchte, um ein Visavis zu haben, merkte man plötzlich, auch bei den Männern fehlte einer.

»Wo kommen Sie denn her?«, fragte Monsieur Philippe spöttisch, als Monsieur Pimpesse gerade mit Fernande hereintrat. »Wir haben Monsieur Poulin beim Schlafen zugeschaut«, erwiderte der Steuereinnehmer. Der Spruch hatte ungeheuren Erfolg; und alle gingen der Reihe nach hinauf, um Monsieur Poulin beim Schlafen zuzuschauen, mit der einen oder anderen Dame, und jede von ihnen war in dieser Nacht von unerklärlicher Liebenswürdigkeit. Madame drückte ein Auge zu; und sie tuschelte in den Winkeln lange vertraulich mit Monsieur Vasse, wie um die letzten Einzelheiten einer längst beschlossenen Sache zu klären.

Endlich, um eins, meldeten die beiden verheirateten Herren, Monsieur Tournevau und Monsieur Pimpesse, sie würden sich zurückziehen, und wollten ihre Rechnung begleichen. Man verrechnete ihnen nur den Champagner, und auch da bloß sechs Franc die Flasche anstelle des üblichen Preises von zehn Franc. Und als sie sich über diese Großzügigkeit wunderten, erwiderte Madame strahlend:

»Nicht jeder Tag ist ein Festtag!«

DAS MODELL

Halbrund wie eine Mondsichel ruhte die kleine Stadt Étretat, mit ihren weißen Klippen, ihrem weißen Kies und ihrem blauen Meer, in der Sonne eines strahlenden Julitags. An den beiden Spitzen dieser Sichel streckten die beiden Tore, das kleine rechts, das große links, ihre Beine ins stille Wasser, das eine sein Zwergenbein, das andre sein Hünenbein; und die Felsnadel, fast so hoch wie die Klippe, unten breit, oben schmal, reckte ihren spitzen Kopf gen Himmel.

Am Strand, längs der Wogen, beobachtete eine sitzende Menschenschar die Badenden. Auf der Terrasse des Casinos entfaltete eine andere Menschenschar, sitzend oder umherschlendernd, unter dem lichtprallen Himmel einen Garten voll schicker Toiletten, in dem rote und blaue Sonnenschirmchen aufblitzten, bestickt mit großen seidenen Blüten.

Auf der Promenade, am Ende der Terrasse, flanierten andere Leute, die Ruhigen, die Stillen, mit langsamem Schritt, weit weg vom eleganten Gewühl.

Ein junger Mann, bekannt, berühmt, ein Maler, Jean Summer, ging mit finstrer Miene neben einem Krankenwägelchen, auf dem eine junge Frau ruhte, seine Frau. Ein Diener schob behutsam diese Art Rollstuhl, und die Versehrte betrachtete mit traurigem Auge die Freude des Himmels, die Freude des Tages und die Freude der andern.

Sie sprachen nicht. Sie schenkten einander keinen Blick.

»Halten wir doch ein bisschen«, sagte die Frau.

Sie hielten, und der Maler setzte sich auf einen Klappstuhl, den der Lakai ihm hinstellte.

Alle, die hinter dem reglosen und stummen Paar vorbeikamen, streiften es mit einem bekümmerten Blick. Eine ganze Legende der Aufopferung war in Umlauf. Er hatte sie trotz der Behinderung geheiratet, ergriffen von ihrer Liebe, hieß es.

Nicht weit von ihnen plauderten zwei junge Männer, auf einem Spill sitzend, ihr Blick verlor sich am Horizont.

»Nein, das ist nicht wahr; ich sag dir, ich kenne Jean Summer gut.«

»Warum hat er sie dann aber geheiratet? Sie war bei der Hochzeit doch schon behindert, oder?«

»Gewiss. Er hat sie geheiratet … er hat sie geheiratet … wie man eben so heiratet, mein Gott, aus Torheit!«

»Und weiter? …«

»Und weiter … und weiter, lieber Freund. Es gibt kein weiter. Man ist dumm, weil man dumm ist. Außerdem, du weißt gut, Maler sind Spezialisten für lächerliche Ehen; sie heiraten fast alle ihre Modelle, langjährige Mätressen, kurzum, in jeder Hinsicht lädierte Frauen. Und warum? Weiß man's? Man könnte doch im Gegenteil annehmen, der beständige Umgang mit dieser Gattung von Gänsen, die man Modelle nennt, müsste ihnen derlei Weibsbilder für immer verleiden. So ist es aber nicht. Nachdem sie ihnen Modell gestanden haben, werden sie geheiratet. Lies doch mal das so bittere und so schöne kleine Buch von Alphonse Daudet: *Künstler-Ehen*.

Bei dem Paar, das du hier siehst, hat das Unglück sich auf besondere und furchtbare Weise ereignet. Die kleine Frau hat Komödie gespielt oder vielmehr ein schreckliches Drama. Sie hat, kurz gesagt, alles auf eine Karte gesetzt. War sie aufrichtig? Liebte sie Jean? Kann man das je wissen? Wer vermag denn genau zu bestimmen, wieviel Starrsinn und wieviel Wahres in den Handlungen der Frauen steckt? Sie sind immer aufrichtig in einem ewigen Wankelmut der Gefühle. Sie sind aufbrausend, verbrecherisch, hingebungsvoll, bewunderungswürdig, ruchlos und gehorchen damit unbegreiflichen Regungen. Sie lügen immerzu, ohne dass sie es wollen, ohne dass sie es wissen, ohne dass sie verstehen, und sie besitzen außerdem, alldem zum Trotz, eine vollkommene Ehrlichkeit im Empfinden und Fühlen, und die stellen sie durch stürmische, unerwartete, unverständliche, verrückte Entschlüsse unter Beweis, was unser Räsonieren, unsre gewohnte Besonnenheit und all unsre egoistischen Tricksereien über den Haufen wirft. Durch das Unvorhersehbare und Plötzliche ihrer Entscheidungen bleiben sie uns unauflösbare

Rätsel. Wir fragen uns immer: ›Sind sie aufrichtig? Sind sie verlogen?‹

Aber, mein lieber Freund, sie sind aufrichtig und verlogen zugleich, denn es liegt in ihrer Natur, dass sie beides sind, bis zum Äußersten, und weder das eine sind noch das andere.

Schau, welche Mittel auch die Anständigsten einsetzen, um von uns zu erreichen, was sie wollen. Sie sind kompliziert und einfach, diese Mittel. So kompliziert, dass wir sie niemals im Voraus durchschauen, so einfach, dass wir, ihnen zum Opfer gefallen, gar nicht anders können, als uns zu wundern und zu sagen:

›Was! so simpel hat sie mich reingelegt?‹

Und sie schaffen es immer, mein Guter, vor allem, wenn es darum geht, geheiratet zu werden.

Aber jetzt erzähle ich dir Summers Geschichte.«

*

Die kleine Frau ist ein Modell, natürlich. Sie arbeitete bei ihm. Sie war hübsch, vor allem elegant, und besaß offenbar einen göttlichen Wuchs. Er verliebte sich in sie, wie man sich in jede ein bisschen verführerische Frau verliebt, die man häufig sieht. Er bildete sich ein, er liebe sie mit ganzer Seele. Das ist ein merkwürdiges Phänomen. Sobald man eine Frau begehrt, glaubt man aufrichtig, man könne den Rest seines Lebens nicht mehr ohne sie auskommen.

Man weiß ganz genau, das ist einem schon früher passiert; der Überdruss folgte stets auf die Besessenheit; es braucht, damit einer sein Dasein neben einem andern Menschen verbringen kann, kein heftiges körperliches Verlangen, das erlischt ziemlich schnell, sondern Übereinstimmung von Seele, Temperament und Charakter. Man muss beim Zauber, der uns betört, unterscheiden können, ob er von den Körperformen ausgeht, von einer gewissen sinnlichen Trunkenheit oder von tiefer geistiger Anziehung.

Kurzum, er glaubte, sie zu lieben; er gab ihr einen Haufen Treueversprechen und lebte ganz und gar mit ihr.

Sie war wirklich entzückend, ausgestattet mit jener eleganten Einfalt, die man bei den kleinen Pariserinnen so leicht findet. Sie plapperte, sie schnatterte, sie sagte Albernheiten, die geistreich wirkten wegen der lustigen Art, mit der sie vorgebracht wurden. Sie zeigte stets anmutige Bewegungen, geeignet, ein Malerauge zu verführen. Wenn sie die Arme hob, wenn sie sich vorbeugte, wenn sie in einen Wagen stieg, wenn sie einem die Hand reichte, waren ihre Bewegungen vollkommen passend und stimmig.

Drei Monate lang bemerkte Jean überhaupt nicht, dass sie im Grunde ganz genauso war wie alle Modelle.

Sie mieteten für den Sommer ein kleines Haus in Andrésy.

Eines Abends war ich dabei, als im Kopf meines Freundes die ersten Sorgen keimten.

Die Nacht war strahlend, und darum wollten wir einen Gang am Flussufer machen. Der Mond goss einen Lichtregen ins zittrige Wasser, zersplitterte seine gelben Strahlen im Gewirbel, in der Strömung, im breiten, langsam entfliehenden Fluss.

Wir schritten am Ufer entlang, ein wenig berauscht von jener unbestimmten Erregung, die solch traumhafte Abende in uns hervorrufen. Wir hätten gern übermenschliche Dinge vollbracht, unbekannte, in köstlicher Weise poetische Menschen geliebt. Wir spürten seltsame Verzückungen in uns beben, Wünsche, Sehnsüchte. Und wir schwiegen, erfüllt von der heiteren und lebendigen Frische dieser bezaubernden Nacht, von dieser Frische des Mondes, die einzudringen scheint in den Körper, sich seiner bemächtigt, die Gedanken umspült, sie durchduftet und überflutet mit Glück.

Plötzlich ließ Joséphine (sie heißt Joséphine) einen Schrei vernehmen:

»Oh! hast du den großen Fisch gesehen, der da drüben hochgesprungen ist?«

Er antwortete, ohne hinzuschauen, ganz abwesend:

»Ja, mein Liebling.«

Sie war beleidigt.

»Nein, du hast ihn nicht gesehen, du hast ihm ja den Rücken zugekehrt.«

Er lächelte:

»Ja, das stimmt. Es ist alles so wunderbar, dass ich an nichts denke.«

Sie schwieg; doch nach einer Minute überkam sie das Bedürfnis zu reden und sie fragte:

»Fährst du morgen nach Paris?«

Er sagte:

»Ich hab keine Ahnung.«

Von neuem war sie verärgert:

»Glaubst du vielleicht, das ist lustig, dein stummer Spaziergang! Man redet, wenn man nicht dumm ist.«

Er gab keine Antwort. Nun aber, denn sie spürte dank ihres boshaften weiblichen Instinkts ganz genau, sie würde ihn aufs Äußerste reizen, begann sie jene Melodie zu singen, mit der man uns seit zwei Jahren die Ohren und den Verstand strapaziert.

Ich schaute in die Luft.

Er murmelte:

»Ich bitte dich, sei still.«

Sie sagte wütend:

»Warum soll ich still sein?«

Er antwortete:

»Du verdirbst uns die Landschaft.«

Jetzt kam es zur Szene, zur hässlichen, törichten Szene, mit unerwarteten Vorwürfen, blinden Anschuldigungen und zuletzt Tränen. Alles wurde ausgepackt. Sie kehrten um. Er hatte sie zetern lassen, ohne Widerrede, ganz benommen durch diesen göttlichen Abend und zutiefst bestürzt über diese Flut von Beschimpfungen.

Drei Monate später wehrte er sich verzweifelt gegen die unbezwingbaren und unsichtbaren Fesseln, in die so eine Gewohnheit unser Leben schlägt. Sie hatte ihn in der Hand, unterdrückte ihn, quälte ihn. Sie zankten sich von morgens bis abends, beschimpften und prügelten sich.

Zuletzt wollte er mit ihr brechen, Schluss machen um jeden Preis. Er verkaufte alle seine Bilder, borgte Geld von den Freunden, machte zwanzigtausend Franc flüssig (er war noch wenig bekannt) und legte sie eines Morgens auf den Kamin, zusammen mit einem Abschiedsbrief.

Er suchte bei mir Zuflucht.

Am Nachmittag gegen drei läutete es. Ich ging öffnen. Eine Frau sprang mir ins Gesicht, stieß mich beiseite, trat herein und stürmte in mein Atelier: Das war sie.

Bei ihrem Auftauchen hatte er sich erhoben.

Sie warf ihm den Umschlag mit den Banknoten vor die Füße, in einer wirklich erhabenen Geste, und mit schroffer Stimme:

»Hier ist Ihr Geld. Ich will es nicht.«

Sie war sehr bleich, zitterte, sicher bereit zu jeder Verrücktheit. Und er, ich sah ihn ebenfalls bleich werden, bleich vor Zorn und Erregung, vielleicht bereit zu jeder Gewalttat.

Er fragte:

»Was wollen Sie?«

Sie antwortete:

»Ich will nicht behandelt werden wie eine Dirne. Sie haben mich angefleht, Sie haben mich genommen. Ich habe nichts von Ihnen verlangt. Behalten Sie mich!«

Er stampfte mit dem Fuß:

»Nein, das geht zu weit! Wenn du glaubst, du kannst ...«

Ich hatte ihn am Arm gepackt.

»Sei still, Jean. Lass mich machen.«

Ich ging zu ihr, und sanft, langsam redete ich ganz vernünftig, präsentierte sämtliche Argumente, die man in einem solchen Fall vorbringt. Reglos hörte sie mir zu, mit starrem Blick, dickköpfig und stumm.

Zuletzt, als ich nicht mehr wusste, was ich noch sagen sollte, und weil ich sah, die Szene würde ein böses Ende nehmen, verfiel ich auf ein letztes Mittel. Ich sagte:

»Er liebt dich noch immer, Kleines; aber seine Familie will ihn verheiraten, und du verstehst! ...«

Sie zuckte zusammen:

»Ach! ... ach! ... jetzt verstehe ich ...«

Und sich zu ihm drehend:

»Du willst ... du willst ... heiraten?«

Er antwortete ohne Zögern:

»Ja.«

Sie tat einen Schritt:

»Wenn du heiratest, bring ich mich um ... hörst du.«

Schulterzuckend erwiderte er:

»Dann ... bring dich um!«

Sie stammelte zwei-, dreimal, die Kehle zugeschnürt von grässlicher Angst:

»Du sagst? ... du sagst? ... du sagst? ... wiederhole das!«

Er wiederholte:

»Ja, bring dich um, wenn's dir Spaß macht!«

Sie murmelte, immer noch schreckensbleich:

»Reiz mich nicht. Ich springe aus dem Fenster.«

Er begann zu lachen, ging ans Fenster, öffnete es, und sich verneigend wie jemand, der Umstände macht, um einem andern den Vortritt zu lassen:

»Bitte hier lang. Nach Ihnen!«

Sie musterte ihn eine Sekunde mit starrem, furchterregendem und panischem Blick; dann nahm sie Anlauf, wie um zwischen Feldern über eine Hecke zu springen, schoss an mir vorbei, an ihm, schwang sich über die Brüstung und verschwand ...

Niemals werde ich den Eindruck vergessen, den es auf mich machte, dieses offenstehende Fenster, nachdem ich gesehen hatte, wie dieser Körper hinausflog und stürzte; innerhalb einer Sekunde schien es mir groß wie der Himmel und leer wie der Raum. Und ich wich unwillkürlich zurück, wagte nicht hinabzuschauen, als könnte ich ebenfalls stürzen.

Jean, völlig entsetzt, machte nicht die kleinste Bewegung.

Man trug das arme Mädchen herauf, beide Beine gebrochen. Sie würde nie mehr gehen.

Ihr Geliebter, halb wahnsinnig vor Schuldgefühlen und vielleicht auch ergriffen von Dankbarkeit, hat sie wieder zu sich genommen und geheiratet.

So war das, mein Lieber.

*

Es wurde Abend. Die junge Frau begann zu frösteln, wollte nach Hause; und der Diener rollte das Krankenwägelchen zurück ins Dorf. Der Maler ging neben seiner Frau, und sie hatten kein Wort miteinander gewechselt, seit einer Stunde.

DIE FRAU VON PAUL

Das Restaurant Grillon, dieses Phalansterium der Ruderer, leerte sich allmählich. Vor der Tür herrschte ein Durcheinander aus Geschrei, Rufen; und große Kerle in weißen Trikots gestikulierten, ihre Ruder auf den Schultern.

Die Frauen, frühlingshaft hell gekleidet, stiegen vorsichtig in die Jollen, setzten sich ans Steuer und arrangierten ihre Röcke, der Chef des Etablissements dagegen, ein kräftiger Bursche mit fuchsrotem Bart, berühmt für seine Kraft, reichte den hübschen Kleinen die Hand und hielt zugleich die schlanken Gefährte im Gleichgewicht.

Die Kanuten nahmen ihrerseits Platz, mit nackten Armen und gewölbter Brust, posierten fürs Publikum, ein Publikum, bestehend aus sonntäglich herausgeputzten Bürgern, aus Arbeitern und Soldaten, die am Brückengeländer lehnten und das Schauspiel aufmerksam verfolgten.

Die Boote lösten sich eins nach dem andern vom Anlegeponton. Die Ruderer beugten sich nach vorn, legten sich zurück, in gleichmäßigem Rhythmus; unter dem Schub der langen gebogenen Riemen glitten die flinken Jollen über den Fluss, entfernten sich, wurden kleiner, verschwanden schließlich unter der anderen Brücke, der Eisenbahnbrücke, flussabwärts in Richtung *La Grenouillère*.

Nur ein Paar war übriggeblieben. Der junge Mann, noch fast bartlos, schmal, blasses Gesicht, hielt seine Geliebte um die Taille gefasst, eine kleine, magere Brünette, mit den Bewegungen eines Grashüpfers; und manchmal schauten sie sich tief in die Augen.

Der Wirt rief: »Los, los, Monsieur Paul, Beeilung.« Und sie kamen näher.

Von allen Gästen des Hauses war Monsieur Paul der beliebteste und geachtetste. Er zahlte gut und regelmäßig, während die andern sich lange bitten ließen, falls sie nicht einfach verschwanden, insolvent. Außerdem diente er dem Etablissement als eine Art lebendige Reklame, denn sein Vater war Senator. Und wenn sich ein Fremder erkundigte: »Wer ist der Kleine da, dem sein Püppchen so den Kopf verdreht?«, antwortete irgendein Stammgast halblaut, mit wichtiger und geheimnisvoller Miene: »Das ist Paul Baron, wissen Sie? der Sohn vom Senator.« Und der andere erwiderte unweigerlich: »Armer Teufel! der ist nicht bloß halb verknallt.«

Mutter Grillon, eine rechtschaffene, geschäftstüchtige Frau, nannte den jungen Mann und seine Begleiterin »ihre zwei Turteltäubchen« und schien ganz gerührt über diese Liebe, so lohnenswert für ihr Haus.

Das Paar schlenderte langsam herbei; die Jolle *Madeleine* lag bereit; doch beim Einsteigen küssten sie einander, und da lachten die auf der Brücke versammelten Zuschauer. Monsieur Paul ergriff seine Riemen und fuhr nun ebenfalls in Richtung *La Grenouillère.*

Als sie ankamen, war es fast drei, und das große schwimmende Café quoll über von Menschen.

Das riesige Floß, unter seinem geteerten, von hölzernen Säulen getragenen Dach, ist mit der bezaubernden Île de Croissy durch zwei Stege verbunden, von denen einer mitten hineinführt in dieses Wasseretablissement, während der andere am hintersten Zipfel auf ein winziges Inselchen geht, bepflanzt mit einem Baum und »Blumentopf« genannt, und von hier festen Boden erreicht, gleich neben der Badeanstalt.

Monsieur Paul vertäute sein Gefährt vor dem Etablissement, er schwang sich über das Café-Geländer, fasste nach den Händen seiner Geliebten und hob sie empor, dann setzten sich die beiden an ein Tischende, einander gegenüber.

Am anderen Flussufer, auf dem Treidelpfad, stand eine lange Reihe von Fahrzeugen. Mietdroschken wechselten sich ab mit geckig eleganten Wagen: die einen schwerfällig, samt gewaltigem Bauch, der die Federung plattdrückt, vorgespannt ein Klepper mit hängendem Hals, krummen Knien; die anderen rank und schlank auf zierlichen Rädern, dazu Pferde mit langen, schmalen Beinen, hochgerecktem Hals, die Kandare voll schneeweißem Schaum, während der

Kutscher, in seine Livree gezwängt, den Kopf steif wegen des hohen Kragens, dasaß mit kerzengeradem Kreuz, die Peitsche auf einem Knie.

Die Böschung war übersät von Leuten, die familienweise daherkamen oder gruppenweise oder zu zweit oder ganz allein. Sie rupften Grashalme, stiegen hinunter zum Wasser, kletterten zurück auf den Weg, und am selben Ort angelangt, blieben sie alle stehen, warteten auf den Fährmann. Die schwere Zille fuhr ohne Unterlass von einem Ufer zum andern, entlud ihre Fracht auf die Insel.

Der Flussarm (den man toten Arm nennt), an dem dieser Kneipen-Ponton liegt, schien zu schlafen, so schwach war die Strömung. Ganze Flotten von Jollen, Skiffen, Kanus, Stehpaddlern, Gigs, Fahrgerät jeder Form und jeder Art flitzten über das reglose Nass, kreuzten sich, vermischten sich, legten sich Seit an Seit, hielten plötzlich mit einem Ruck der Arme, um durch eine jähe Anspannung der Muskeln gleich wieder loszuschnellen und hinwegzugleiten wie lange Fische, gelb oder rot.

Ständig kamen neue hinzu: die einen aus Chatou, stromaufwärts; die andern aus Bougival, stromabwärts; und Rufe eilten übers Wasser, von einem Kahn zum andern, Gelächter, Ermahnungen oder Flüche. Die Ruderer zeigten dem glühenden Licht die gebräunte und geschwellte Haut ihrer Bizepse; und seltsamen Blüten gleich, auf dem Fluss treibenden Blüten, leuchteten die rot-, grün-, blau- oder gelbseidenen Schirme der Steuermädchen am Heck der Boote.

Die Julisonne loderte hoch am Himmel; die Luft schien erfüllt von flammender Fröhlichkeit; kein Hauch bewegte die Blätter der Weiden und Pappeln.

Weiter drüben, vis-à-vis, reckte der unübersehbare Mont-Valérien seine befestigten Abhänge in das grelle Strahlen; während rechter Hand die liebliche Anhöhe von Louveciennes, mit dem Fluss einen Bogen beschreibend, sich im Halbkreis rundete und an manchen Stellen durch das kräftige, dunkle Grün der großen Gärten die weißen Mauern der Landhäuser aufblitzen ließ.

In nächster Umgebung der *Grenouillère* promenierten Spaziergänger in Scharen unter den riesigen Bäumen, die diesen Winkel der Insel verwandeln zum hinreißendsten Park auf der Welt. Frauen, Mädchen mit gelbem Haar, mit maßlos prallen Brüsten, mit übertrieben großem Hinterteil, mit dick geschminktem Teint, mit kohlschwarzen Augen, mit blutroten Lippen, eingeschnürt, eingezwängt in extravagante Kleider, schleppten über das frische Gras den schreiend schlechten Geschmack ihrer Toiletten; während neben ihnen junge Männer posierten, ausstaffiert wie auf Modestichen, mit hellen Handschuhen, Lackstiefeln, fadendünnen Spazierstöckchen und Monokeln, welche die Dümmlichkeit ihres Lächelns betonten.

Die Insel verengt sich genau bei der *Grenouillère*, und auf der anderen Seite, wo ebenfalls eine Fähre verkehrt, die ständig Leute aus Croissy herankarrt, da wälzt sich der schnelle Arm, voller Strudel, Wirbel, Gischt, reißend wie ein Sturzbach. Ein Trupp Brückenbaupioniere in Artilleristenuniform lagert an diesem Ufer, und die Soldaten, nebeneinander auf einem langen Balken sitzend, beobachteten das strömende Wasser.

In dem schwimmenden Etablissement herrschte wildes, grölendes Gewühl. Die Holztische, auf denen die verschütteten Getränke schmale, klebrige Bächlein bildeten, waren übersät von halbleeren Gläsern und umringt von halbbeschwipsten Leuten. Die ganze Menge schrie, sang, johlte. Die Männer, Hut im Nacken, rotes Gesicht, glänzende Trunkenboldaugen, gestikulierten mit lautem Gebrüll, aus einem für Hohlköpfe natürlichen Bedürfnis nach Radau. Die Frauen, auf der Suche nach Beute für den Abend, ließen sich derweil zum Trinken einladen; und im freien Platz zwischen den Tischen dominierte das übliche Publikum dieses Ortes, ein Heer übermütiger Ruderer mit ihren Begleiterinnen in kurzen Flanellröckchen.

Einer von ihnen wütete am Klavier und spielte anscheinend mit Händen und Füßen; vier Paare hüpften eine Quadrille; und junge Männer beobachteten sie dabei, stutzerhaft, tadellos, hätten sie comme il faut gewirkt, wäre der Makel nicht trotz alledem zutage getreten.

Denn man riecht hier, mit allen Nasenlöchern, den ganzen Abschaum der Welt, das ganze distinguierte Gelumpe, die ganze Fäulnis der Pariser Gesellschaft: eine Mischung aus Ladenschwengeln, Schmierenkomödianten, winzigkleinen Journalisten, Edelleuten unter Kuratel, korrupten Börsenspekulanten, beknackten Nachtvögeln, verlotterten alten Lebemännern; ein zwielichtiger Haufen aus allen verdächtigen Gestalten, halb bekannt, halb verkommen, halb gefeiert, halb entehrt, Gauner, Galgenstricke, Frauenbeschaffer, Hochstapler mit würdevollem Gebaren, mit Wichtigtuermiene, die zu sagen scheint: »Der Erste, der mich einen Strolch nennt, den mach ich kalt.«

Der Ort platzt vor Dummheit, stinkt nach Spitzbüberei und billiger Galanterie. Mannsbilder und Weibsbilder sind hier einander ebenbürtig. In der Luft hängt Liebesgeruch, man schlägt sich wegen nichts und wieder nichts und verteidigt wurmstichige Reputationen, die Pistolenschüsse und Degenhiebe nur umso wirksamer erledigen.

Ein paar Bewohner der Umgebung schauen aus Neugier vorbei, jeden Sonntag; ein paar junge Männer, sehr junge, kommen jedes Jahr, schließen Bekanntschaft mit dem Leben. Bummelnde Spaziergänger zeigen sich; ein paar Naivlinge verirren sich.

Das alles heißt zu Recht *La Grenouillère*. Neben dem überdachten Floß, wo man trinkt, und ganz in der Nähe des »Blumentopfs«, wird gebadet. Frauen, deren Rundungen zufriedenstellend sind, kommen hierher, stellen entblößt ihre Ware zur Schau und gehen auf Kundenfang. Die anderen, naserümpfend, obwohl mit Baumwolle aufgeplustert, durch Federn gestrafft, hier ein bisschen nachgebessert, dort ein bisschen zurechtgebogen, mustern mit verächtlicher Miene ihre planschenden Schwestern.

Auf einer kleinen Plattform drängeln sich die Schwimmer zum Kopfsprung. Sie sind lang wie Hopfenstangen, rund wie Kürbisse, knorrig wie Ölbaumäste; vornüber geneigt oder nach hinten gebogen wegen ihres Bauchumfangs, dazu unterschiedslos hässlich, springen sie ins Wasser, das aufspritzt bis hinüber zu den Trinkern im Café.

Trotz der riesigen, das schwimmende Haus überschattenden Bäume und trotz der Nähe zum Wasser erfüllte stickige Hitze den Ort. Die Dünste von verschüttetem Alkohol mischten sich mit dem Geruch der Körper und den aufdringlichen Parfüms, von denen die Haut der Liebesverkäuferinnen durchdrungen ist und die in der Glut verdampften. Doch zwischen all diesen unterschiedlichen Düften schwebte ein Hauch von Reispuder, der zuweilen verschwand, wiederauftauchte, den man immer von neuem entdeckte, als schüttelte eine verborgene Hand in der Luft eine unsichtbare Quaste.

Die Glanznummer spielte auf dem Fluss, wo das unablässige Hin-und-Her der Kähne alle Blicke anzog. Die Ruderinnen plusterten sich in den Sitzen, gegenüber ihren Männern mit den kräftigen Armen, und voller Verachtung betrachteten sie die Inselstreunerinnen auf der Suche nach einer Einladung zum Diner.

Manchmal, wenn eine Mannschaft in voller Fahrt dahinschoss, johlten die an Land gegangenen Freunde, und sogleich grölten, von jäher Tollheit gepackt, auch die Zuschauer.

In der Flusskrümmung, nach Chatou hin, zeigten sich ständig neue Kähne. Sie kamen näher, wurden größer, und sobald man die Gesichter erkannte, tönte neues Gebrüll.

Ein Boot, überspannt von einem Zelttuch und mit vier Frauen besetzt, kam langsam die Strömung herabgetrieben. Die Kanutin war klein, hager, verwelkt, wie ein Schiffsjunge gekleidet, das Haar hochgesteckt unter einem Hut aus Wachsleinen. Ihr gegenüber eine dicke Flachsblonde in Männerkleidern mit weißem Flanelljackett, sie lag weiter hinten im Boot auf dem Rücken, die Beine gespreizt auf der Bank, links und rechts von der Kanutin, und rauchte eine Zigarette, während bei jedem Ruderschlag Brust und Bauch wackelten, erschüttert durch die Stöße. Ganz hinten am Heck, unterm Zeltdach, hielten zwei schöne Mädchen, groß und schlank, die eine brünett, die andere blond, einander um die Taille gefasst und blickten in einem fort zu ihren Gefährtinnen.

Ein Schrei erscholl in der *Grenouillère*: »Da kommt Lesbos!«, und plötzlich herrschte wildes Gelärm; es kam zu einer fürchterlichen Drängelei, Gläser wurden umgeworfen; man kletterte auf Tische; alles brüllte in gewaltiger Raserei: »Lesbos! Lesbos! Lesbos!« Der Schrei grollte, wurde undeutlich, bildete nur noch eine Art grässliches Geheul, dann schien er sich plötzlich von neuem emporzuschwingen, hochzusteigen in den Raum, die Ebene zu überdecken, das dichte Laub der hohen Bäume zu füllen, sich auszubreiten bis an die fernen Hügel, bis hinauf zur Sonne.

Die Kanutin hatte während dieser Ovation seelenruhig angehalten. Die weiter hinten im Boot ausgestreckte dicke Blonde wandte lässig den Kopf, stützte sich auf die Ellbogen; und die zwei schönen Mädchen am Heck winkten lachend der Menge.

Nun steigerte sich das Gebrüll, brachte das schwimmende Etablissement zum Erbeben. Die Männer zogen ihre Hüte, die Frauen schwenkten ihre Taschentücher, und alle Stimmen, hoch oder tief, schrien gemeinsam: »Lesbos!« Man hätte glauben können, dieser Haufen, dieses verdorbene Pack grüße einen Anführer, so, wie Geschwader Kanonenschüsse abgeben, wenn sich ein Admiral an ihrer Front zeigt.

Auch die Flotte aus zahlreichen Kähnen bejubelte das Frauenboot, das in seinem schläfrigen Tempo wieder losfuhr und dann ein Stück weiter anlegte.

Monsieur Paul hatte, im Gegensatz zu den andern, einen Schlüssel aus der Tasche gezogen und pfiff aus Leibeskräften. Seine nervöse Geliebte wurde noch blasser, hielt seinen Arm und wollte ihn zum

Verstummen bringen, diesmal betrachtete sie ihn mit Zorn in den Augen. Er freilich wirkte außer sich, wie angestachelt durch männliche Eifersucht, durch grimmige, instinktive, maßlose Wut. Er stammelte, mit vor Entrüstung zitternden Lippen:

»Das ist schändlich! man sollte sie ersäufen wie Hündinnen, mit einem Stein um den Hals.«

Auf einmal ereiferte sich Madeleine; ihre dünne, schrille Stimme zischte, und sie redete wortreich, wie um sich selbst zu verteidigen:

»Was geht's dich an? Sind sie nicht frei und können tun, was sie wollen, sie sind doch niemandem etwas schuldig? Lass uns zufrieden mit deinem Getue und scher dich um deinen Kram …«

Er aber unterbrach sie.

»Die Polizei geht das etwas an, und ich lass sie nach Saint-Lazare schaffen!«

Sie zuckte zusammen!

»Du!«

»Ja, ich! Und bis dahin verbiete ich dir, mit ihnen zu sprechen, hörst du, ich verbiete es dir.«

Da zuckte sie nur die Achseln, und mit einem Schlag besänftigt:

»Kleiner, ich tu, was mir beliebt; wenn's dir nicht passt, hau ab, und zwar sofort. Ich bin nicht deine Frau, stimmt's? Also halt die Klappe.«

Er gab keine Antwort, und sie saßen einander gegenüber, mit verkniffenem Mund und schwer atmend.

Am anderen Ende des großen hölzernen Cafés hielten die vier Frauen Einzug. Die zwei als Männer verkleideten gingen vorneweg: die eine hager, einem ältlichen Junggesellen gleich, an den Schläfen ins Gelbe gefärbt; die andere, mit ihrem Fett die weißen Flanellkleider füllend, mit ihrem Hinterteil die weite Hose plusternd, watschelte wie eine fette Gans, wegen ihrer gewaltigen Schenkel und der ausgeleierten Knie. Ihre beiden Freundinnen kamen hinterher, und die Schar der Ruderer drängte sich, ihnen die Hände zu schütteln.

Sie hatten zu viert ein kleines Chalet am Wasser gemietet, und hier lebten sie, wie zwei Ehepaare miteinander gelebt hätten.

Ihr Laster war bekannt, offiziell, sichtbar. Man redete davon wie über etwas ganz Normales, das sie beinah sympathisch machte, und leise tuschelte man über merkwürdige Geschichten, über Dramen, geboren aus weiblichen Eifersüchteleien, und über heimliche Besuche von namhaften Frauen, von Schauspielerinnen, in dem kleinen Haus am Wasser.

Ein Nachbar, empört über diese skandalösen Gerüchte, hatte die Gendarmerie gerufen, und der Brigadier, begleitet von einem Mann, war für eine Untersuchung erschienen. Der Auftrag war heikel; man konnte den Frauen im Grunde nichts vorwerfen, denn sie betrieben keine Prostitution. Der höchst ratlose Brigadier, mehr oder weniger ahnungslos betreffend die Natur der vermuteten Delikte, hatte aufs Geratewohl Fragen gestellt und einen kolossalen Bericht verfasst, der auf Unschuld erkannte.

Man hatte sogar noch in Saint-Germain gelacht.

Sie durchquerten mit kleinen Schritten, wie Königinnen, das Etablissement *La Grenouillère*; sie schienen stolz auf ihre Berühmtheit, glücklich über die auf sie gehefteten Blicke, dieser Meute überlegen, dieser Rotte, diesem Pöbel.

Madeleine und ihr Geliebter sahen sie näher kommen, und im Blick des Mädchens loderte eine Flamme.

Als die ersten zwei am Tischende angelangt waren, rief Madeleine: »Pauline!« Die Dicke drehte sich, blieb stehen, immer noch den Arm ihres weibischen Schiffsjüngelchens festhaltend:

»Schau an, Madeleine … Komm mal her, ein paar Worte reden, Schätzchen.«

Pauls Finger umklammerten das Handgelenk seiner Geliebten, doch sie sagte mit einer solchen Miene: »Weißt du, Kleiner, du kannst abhauen«, dass er schwieg und allein zurückblieb.

Nun plauderten sie ganz leise, im Stehen, alle drei. Über ihre Lippen huschte glückliche Ausgelassenheit; sie redeten schnell; und Pauline blickte hin und wieder verstohlen nach Paul, mit spöttischem, bösem Lächeln.

Als er es schließlich nicht länger aushielt, sprang er auf und war mit einem Satz neben ihr, an allen Gliedern bebend. Er packte Madeleine bei den Schultern:

»Komm, ich will's«, sagte er, »ich hab dir verboten, dass du mit diesen Schlampen redest.«

Doch Pauline wurde laut und begann mit ihrem Fischweibvokabular zu schimpfen. Ringsherum wurde gelacht; Leute traten hinzu; andere stellten sich auf die Zehenspitzen, um besser zu sehen. Und ihm verschlug es die Sprache unter diesem Hagel unflätiger Worte; er hatte das Gefühl, die Beleidigungen, die aus diesem Mund kamen und auf ihn herabfielen, beschmutzten ihn wie Unrat, und angesichts des heraufziehenden Skandals wich er zurück, machte kehrt und lehnte sich ans Geländer beim Fluss, mit dem Rücken zu den drei siegreichen Frauen.

Hier blieb er stehen, schaute aufs Wasser, und manchmal, mit einer raschen Bewegung, als wollte er sie wegreißen, wischte sein nervöser Finger eine Träne aus dem Augenwinkel.

Denn er liebte aus tiefster Seele, ohne zu wissen warum, seinen feinen Instinkten zum Trotz, seiner Vernunft zum Trotz, sogar seinem Willen zum Trotz. Er war hineingestürzt in diese Liebe, wie man in ein Schlammloch stürzt. Als weiches, zartfühlendes Wesen hatte er von erlesenen, vollkommenen und leidenschaftlichen Beziehungen geträumt; und dieser kleine Heuschreck von einer Frau, dumm wie alle Mädchen, von atemraubender Dummheit, nicht einmal hübsch, mager und cholerisch, hatte ihn nun eingefangen, gefesselt, in Besitz genommen, von

Kopf bis Fuß, mit Leib und Seele. Er war diesem weiblichen Zauber erlegen, geheimnisvoll und allmächtig, dieser unbekannten Kraft, dieser enormen Gewalt, aufgetaucht von wer weiß wo, diesem Dämon Fleisch, der den klügsten Mann einem beliebigen Mädchen zu Füßen wirft, ohne dass irgendetwas ihre unselige und grenzenlose Macht erklärt.

Und er spürte, jetzt, hinter seinem Rücken, bahnte sich etwas Niederträchtiges an. Gelächter drang ihm ins Herz. Was tun? Er wusste es genau, konnte aber nicht.

Unverwandt starrte er auf einen reglosen Angler am gegenüberliegenden Ufer.

Plötzlich zog der Mann mit einem Ruck einen kleinen silbrigen Fisch aus dem Fluss, der am Ende seiner Angelschnur zappelte. Dann versuchte er den Haken zu entfernen, bog ihn, drehte ihn, doch vergebens; da begann er, von Ungeduld gepackt, daran zu zerren, und der ganze blutige Schlund des Tieres kam hervor mitsamt den Eingeweiden. Und Paul erschauderte, selbst zerfetzt bis tief ins Herz; ihm schien, dieser Haken, das war seine Liebe, und müsste er sie ausreißen, würde alles, was er in seiner Brust trug, am Ende eines gekrümmten, in sein Innerstes verkrallten Eisens hervorkommen, und Madeleine hielt die Schnur.

Eine Hand legte sich ihm auf die Schulter; er zuckte zusammen, drehte sich um; seine Geliebte stand neben ihm. Keiner sagte ein Wort; und sie lehnte sich wie er ans Geländer, die Augen auf den Fluss geheftet.

Er überlegte, was er sagen sollte, und fand nichts. Es gelang ihm nicht einmal zu entwirren, was in ihm vorging; alles, was er empfand, war Freude, sie hier zu spüren, neben sich, zurückgekehrt, und dazu eine schmähliche Feigheit, ein Bedürfnis, alles zu verzeihen, alles zu erlauben, wenn sie ihn nur nicht verließ.

Endlich, nach ein paar Minuten, fragte er mit ganz sanfter Stimme: »Willst du, dass wir aufbrechen? Im Boot ist es bestimmt angenehmer.«

Sie erwiderte: »Ja, mein Katerchen.«

Und er half ihr hinunter in die Jolle, stützte sie, drückte ihr die Hände, tief gerührt, mit ein paar restlichen Tränen im Auge. Da blickte sie lächelnd zu ihm, und wieder küssten sie einander.

Sie fuhren gemächlich den Fluss hinauf, längs des weidenbestandenen, grasbedeckten Ufers, das nass und still dalag in der lauen Spätnachmittagsluft.

Als sie wieder beim Restaurant Grillon anlangten, war es knapp sechs; sie ließen ihre Jolle liegen und schlenderten zu Fuß über die Insel, in Richtung Bezons, durch die Wiesen, vorbei an den hohen Pappeln, die den Fluss säumen.

Das dichte Grün, kurz vor der Mahd, stand voller Blumen. Die sinkende Sonne goss darüber rostrotes Licht, und in der milderen Wärme des sich neigenden Tages vermischten sich die wallenden Ausdünstungen des Grases mit den feuchten Düften des Flusses, erfüllten die Luft mit zärtlicher Wehmut, mit leisem Glück, wie mit einem Hauch von Wohlbehagen.

Weiche Trägheit drang in die Herzen, und eine Art Einklang mit dieser stillen Pracht des Abends, mit diesem unbestimmten und geheimnisvollen Beben des hingebreiteten Lebens, mit dieser alles durchdringenden, melancholischen Poesie, die den Pflanzen zu entströmen schien, den Dingen, und die sich entfaltete, den Sinnen offenbarte in dieser sanften, beschaulichen Stunde.

Er spürte das alles; sie aber verstand's nicht. Beide gingen nebeneinander; und plötzlich, des Schweigens überdrüssig, begann sie zu singen. Sie sang mit ihrer piepsigen, falschen Stimme eine in allen Köpfen lungernde Melodie, einen Gassenhauer, der mit einem Mal die tiefe und friedliche Harmonie des Abends zerriss.

Da schaute er zu ihr, und er spürte zwischen ihnen einen unüberbrückbaren Abgrund. Sie schlug mit dem Sonnenschirm nach Gräsern, den Kopf leicht gesenkt, ihre Füße betrachtend, und sang, übte getragene Töne, versuchte Koloraturen, wagte Triller.

Ihre kleine, schmale Stirn, die er so liebte, war also leer, leer! Dahinter verbarg sich nur diese Kanarienvogelmusik; und die Gedanken, die sich zufällig dort bildeten, glichen dieser Musik. Sie verstand nichts von ihm; sie waren einander so fern, als lebten sie nicht zusammen. Ihre Küsse kamen also nur von den Lippen?

Nun hob sie den Blick zu ihm und lächelte wieder. Er war aufgewühlt bis ins Innerste, und die Arme ausbreitend in neu entflammender Liebe, umschlang er sie leidenschaftlich.

Weil er ihr Kleid zerknitterte, löste sie sich nach einer Weile von ihm und murmelte, wie zur Entschädigung: »Schon gut, ich mag dich ja, mein Katerchen.«

Doch er umfing ihre Taille, und von Tollheit gepackt, zog er sie mit sich fort; und er küsste sie auf die Wange, auf die Schläfe, auf den Hals, mit närrischen Freudensprüngen. Keuchend sanken sie nieder am Fuß eines Gebüschs, das hell loderte in den Strahlen der untergehenden Sonne, und noch bevor sie wieder zu Atem kamen, vereinigten sie sich, ohne dass ihr seine Erregung begreiflich wurde.

Sich an beiden Händen haltend schlenderten sie zurück, da entdeckten sie auf einmal, durch die Bäume hindurch, auf dem Fluss das Boot mit den vier Frauen. Die dicke Pauline sah sie ebenfalls, denn sie richtete sich auf, Madeleine Kusshände zuwerfend. Dann rief sie: »Bis heute Abend!«

Madeleine antwortete: »Bis heute Abend!«

Paul spürte plötzlich, Eiseskälte packte sein Herz.

Und geradewegs gingen sie zum Diner.

Sie setzten sich in eine Laube am Wasser und begannen schweigend zu essen. Als es Nacht wurde, brachte man eine Kerze in einer Glasglocke, die einen schwachen, flackernden Schein auf sie warf;

und alle Augenblick hörte man das schallende Gelächter der Ruderer, oben im großen Saal der ersten Etage.

Beim Dessert griff Paul zärtlich nach Madeleines Hand und sagte: »Ich bin sehr müde, mein Liebstes; wenn's dir recht ist, gehen wir früh schlafen.«

Aber sie hatte die List durchschaut, und sie streifte ihn mit jenem rätselhaften Blick, jenem Blick voller Heimtücke, der so schnell aufleuchtet in den Augen der Frau. Dann, nachdem sie kurz überlegt hatte, antwortete sie: »Geh schlafen, wenn du willst, aber ich hab's versprochen, ich besuche den Ball in der *Grenouillère*.«

Er lächelte kläglich, mit jenem Lächeln, das schlimmste Qual verbergen will, antwortete jedoch in schmeichelnd traurigem Ton: »Sei so lieb, und lass uns zu zweit bleiben.« Sie schüttelte den Kopf, ohne den Mund aufzutun. Er drängte: »Bitte! mein Herzchen.« Da unterbrach sie ihn brüsk: »Du weißt, was ich gesagt hab. Wenn's dir nicht passt, die Tür steht offen. Keiner hält dich zurück. Was mich betrifft, ich hab's versprochen, ich geh da hin.«

Er stützte beide Ellbogen auf den Tisch, legte die Stirn in seine Hände, und so blieb er sitzen, schmerzlich grübelnd.

Die Ruderer stapften hinunter, immer noch johlend. Sie fuhren davon in ihren Jollen, zum Ball in der *Grenouillère*.

Madeleine sagte zu Paul: »Wenn du nicht kommst,

entscheide dich jetzt, und ich bitte einen dieser Herrn, dass er mich mitnimmt.«

Paul erhob sich: »Lass uns gehen!«, murmelte er.

Und sie brachen auf.

Die Nacht war pechschwarz, sternübersät, durchweht von feurigem Hauch, von schwüler Luft voller Glut, voller Aufruhr, voll prickelnder Keime, die sich mit der Brise vermischten und sie erschlafften. Sie fuhr mit warmem Streicheln über die Gesichter, ließ einen schneller atmen, ein wenig keuchen, so zäh wirkte sie und so drückend.

Die Jollen machten sich auf den Weg, jede hatte am Bug einen Lampion. Die Fahrzeuge waren nicht zu erkennen, bloß diese kleinen bunten Laternen, geschwind und tänzelnd wie übergeschnappte Glühwürmchen; und Stimmen schwirrten im Dunkel von überallher.

Die Jolle der beiden jungen Leute glitt sanft dahin. Flitzte zuweilen ein Boot dicht an ihnen vorüber, dann erblickten sie plötzlich den weißen Rücken des Ruderers, angestrahlt von seinem Lampion.

Als die Flusskrümmung hinter ihnen lag, erschien die *Grenouillère* in der Ferne. Das festliche Etablissement war geschmückt mit blitzenden Ketten, mit Girlanden bunter Lämpchen, mit funkelnden Lichtbündeln. Auf der Seine fuhren langsam ein paar große Zillen, die Dome vorstellten, Pyramiden, komplizierte Bauten aus vielfarbigem Geglitzer. Flammende Festons hingen hinab bis aufs Wasser;

und manchmal glich eine rote oder blaue Laterne am Ende ihrer riesigen unsichtbaren Angel einem dicken schaukelnden Stern.

Diese Illuminierung übergoss alles rund um das Café mit Geflimmer, erleuchtete von unten nach oben die hohen Bäume am Ufer, deren Stämme blassgrau und deren Blätter in milchigem Grün abstachen gegen das tiefe Schwarz von Feldern und Himmel.

Das Orchester, bestehend aus fünf Vorstadtkünstlern, schleuderte seine dürftige, hopsende Tingeltangelmusik weit hinaus und verleitete Madeleine wieder zum Singen.

Sie wollte sofort hinein. Paul wäre lieber noch ein bisschen über die Insel spaziert; doch er musste nachgeben.

Das Publikum hatte sich gelichtet. Die Ruderer waren fast allein mit ein paar spärlichen Bürgern und ein paar jungen Burschen, von Mädchen flankiert. Der Direktor und Organisator dieses Cancan, würdevoll im abgeschabten schwarzen Frack, drehte seinen verwüsteten Kopf in alle Richtungen, den Kopf eines alten Verkäufers billiger öffentlicher Pläsiere.

Die dicke Pauline und ihre Gefährtinnen waren nicht da; und Paul atmete auf.

Man tanzte: die Paare, Aug in Aug, kapriolten ungebärdig, warfen ihre Beine in die Luft bis unter die Nase ihres Gegenübers.

Die Weibsbilder sprangen mit verrenkten Schenkeln, enthüllten im Geflatter loser Röcke ihre Unterwäsche. Ihre Füße hoben sich mit erstaunlicher Leichtigkeit bis über die Köpfe, und sie wiegten die Bäuche, wackelten mit den Kruppen, schlenkerten ihre Brüste und verströmten ringsum einen kräftigen Geruch schwitzender Frauen.

Die Mannsbilder kauerten wie Kröten in obszönen Bewegungen, wanden sich, grimassierend und scheußlich, schlugen Räder auf den Händen oder wollten komisch sein, versuchten Geziere voll lächerlicher Anmut.

Ein dickes Dienstmädchen und zwei Kellner servierten die Getränke.

Weil dieses Schiffscafé nur von einem Dach überwölbt war, ohne irgendeine Wand, die es vom Draußen trennte, tobte der wilde Tanz vor der friedlichen Nacht und dem sternbestäubten Firmament.

Plötzlich schien der Mont-Valérien, weiter drüben, vis-à-vis, aufzuleuchten, als entflamme hinter ihm ein Feuer. Das Geflimmer weitete, verstärkte sich, erfüllte nach und nach den Himmel, beschrieb einen mächtigen, glänzenden Kreis von fahlweißem Licht. Dann zeigte sich etwas Rotes, wurde größer, ein loderndes Rot wie Metall auf dem Amboss. Es wandelte sich allmählich ins Runde, schien aus der Erde zu wachsen; und alsbald löste sich der Mond vom Horizont, stieg langsam hinauf in den Raum. Während er höher wanderte, verblasste sein Purpur, wurde gelb, ein helles, strahlendes Gelb; und das Gestirn wirkte immer kleiner, je weiter es entschwand.

Paul beobachtete es schon eine Weile, ganz versunken in diese Betrachtung, seine Geliebte vergessend. Als er sich umdrehte, war sie weg.

Er suchte, fand sie aber nicht. Er ließ einen ängstlichen Blick über die Tische schweifen, lief ruhelos auf und ab, fragte den einen, fragte den andern. Niemand hatte sie gesehen.

So irrte er umher, von Furcht gepeinigt, da sagte einer von den Kellnern: »Sie suchen Madame Madeleine. Eben ist sie losgegangen, zusammen mit Madame Pauline.« Und im selben Augenblick sah Paul am andern Ende des Cafés den Schiffsjungen und die zwei schönen Mädchen stehen, alle drei hielten sich um die Hüfte gefasst, und sie belauerten ihn tuschelnd.

Er begriff, und wie ein Irrer stürmte er hinaus auf die Insel.

Er rannte zuerst in Richtung Chatou; doch vor der Ebene machte er kehrt. Nun begann er das dichte Unterholz abzusuchen, streifte ziellos umher, hielt manchmal inne und lauschte.

Die Kröten schmetterten über den ganzen Horizont ihren metallisch kurzen Ruf.

Von Bougival her modulierte ein unbekannter Vogel einige Töne, die, abgeschwächt durch die Entfernung, bis zu ihm drangen. Auf die breiten Wiesen schüttete der Mond ein weiches Schimmern, gleich wattigem Staub; er sickerte durch die Blätter, ließ sein Licht über die silbrige Rinde der Pappeln rieseln, sprenkelte mit seinem Glanzregen die bebenden Wipfel der hohen Bäume. Die berauschende Poesie dieses Sommerabends eroberte Paul allem zum Trotz, bohrte sich in seine kopflose Verstörung, rührte an sein Herz mit grausamer Ironie, ließ in seiner sanften und besinnlichen Seele bis zur Raserei ein Bedürfnis wachsen nach vollkommener Zärtlichkeit, nach leidenschaftsvoller Hingabe im Busen einer abgöttisch geliebten und treuen Frau.

Er musste stehenbleiben, erstickt von heftigen, quälenden Schluchzern.

Als der Anfall vorüber war, ging er weiter.

Jäh traf es ihn wie ein Messerstich; irgendwer küsste sich, dort, hinterm Gebüsch. Er rannte hin; es war ein Liebespaar, dessen zwei Umrisse sich bei seinem Näherkommen rasch entfernten, engumschlungen, vereint in einem endlosen Kuss.

Er wagte nicht zu rufen, wohlwissend, *sie* würde nicht antworten; und zugleich hatte er schreckliche Angst, er könnte die beiden unversehens entdecken.

Die Ritornelle der Quadrillen mit den tieftraurigen Soli des Kornetts, dem falschen Gelächter der Flöte, den schrillen Wutausbrüchen der Geige schnitten ihm ins Herz, steigerten sein Leid. Die frenetische, humpelnde Musik verbreitete sich unter den Bäumen, mal gedämpft, mal verstärkt durch einen flüchtigen Hauch der Brise.

Plötzlich sagte er sich, vielleicht ist *sie* zurückgekommen? Ja! sie war zurückgekommen! warum nicht? Er hatte den Kopf verloren, grundlos, dumm, überwältigt von seinen Ängsten, vom maßlosen Argwohn, der seit einiger Zeit an ihm fraß.

Und erfasst von einer jener merkwürdigen Besänftigungen, die sich zuweilen in höchster Verzweiflung einstellen, kehrte er zurück auf den Ball.

Mit einem Blick überflog er den Saal. Sie war nicht da. Er umkreiste alle Tische, und auf einmal stand er wieder vor den drei Frauen. Offenbar hatte er ein verzweifeltes und komisches Gesicht, denn alle drei prusteten gleichzeitig vor Heiterkeit.

Er lief weg, wollte erneut auf die Insel, stürzte sich ins Unterholz, nach Atem ringend. – Dann horchte er wieder – horchte lang, denn es brauste ihm in den Ohren; doch endlich glaubte er etwas weiter ein kurzes, spitzes Lachen zu hören, das er gut kannte; und ganz leise schlich er voran, kriechend, das Gezweig auseinanderbiegend, die Brust so erschüttert durch sein Herz, dass er keine Luft bekam.

Zwei Stimmen flüsterten Worte, die er nicht verstand. Dann schwiegen sie.

Nun packte ihn ein ungeheures Verlangen zu fliehen, nicht zu sehen, nicht zu wissen, für immer wegzulaufen, weit weg von dieser rasenden Leidenschaft, die ihn zerstörte. Er wollte zurück nach Chatou, den Zug nehmen und niemals wiederkommen, sie niemals wiedersehen. Doch ihr Bild überfiel ihn plötzlich, und in Gedanken erblickte er sie, wenn sie am Morgen aufwachte, im warmen Bett, sich liebevoll anschmiegte, die Arme um seinen Nacken schlang, das Haar gelöst, auf der Stirn ein wenig zerzaust, die Augen noch zu und die Lippen geöffnet für den ersten Kuss; und die jähe Erinnerung an diese Koserei frühmorgens erfüllte ihn mit brennender Sehnsucht und wilder Begierde.

Von neuem wurde gesprochen; und er schlich näher, tief gebückt. Dann ertönte ein leiser Schrei unter den Zweigen, ganz in seiner Nähe. Ein Schrei! Einer von jenen Liebesschreien, die er nur allzu gut kannte, aus den verzückten Stunden gemeinsamer Zärtlichkeit. Er schlich noch näher, immer näher, wie gegen seinen Willen unwiderstehlich angezogen, nahezu besinnungslos … und er sah die zwei.

Oh! wär's ein Mann gewesen, sein Gegner, aber das! das! Er fühlte sich wie angekettet, gerade durch ihre Niedertracht. Und er blieb stehen, aufgewühlt, fassungslos, als habe er plötzlich den verstümmelten Leichnam eines geliebten Menschen entdeckt, ein Verbrechen wider die Natur, grausig, eine obszöne Schändung.

Da kam ihm blitzartig mit einem unwillkürlichen Gedanken der kleine Fisch in den Sinn, dessen herausgerissene Eingeweide er gesehen hatte … Doch Madeleine flüsterte »Pauline!« im selben leidenschaftlichen Ton, wie sie »Paul!« sagte, und ihn durchfuhr ein solcher Schmerz, dass er blindlings davonstürzte.

Er stieß gegen zwei Bäume, stolperte über eine Wurzel, rannte weiter und stand plötzlich vor dem Fluss, vor dem schnellen Arm, hellerleuchtet vom Mond. Die reißende Strömung bildete mächtige Strudel, in denen das Licht spielte. Die hohe Böschung ragte über das Wasser wie ein Fels, zu ihren Füßen ein breiter dunkler Strich, und aus dieser Finsternis dröhnte Gewirbel.

Am andern Ufer lagen die stufenförmig ansteigenden Landhäuser von Croissy in schimmerndem Glanz.

Paul sah das alles wie im Traum, wie durch eine Erinnerung; er dachte an nichts, begriff nichts, und alle Dinge, sogar sein eigenes Leben, erschienen ihm undeutlich, fern, vergessen, zu Ende.

Der Fluss war da. Begriff er, was er tat? Wollte er sterben? Er war irre. Dennoch drehte er sich zur Insel, zu *ihr*; und in die ruhige Nachtluft, wo noch immer die schwachen, aber hartnäckigen Refrains des Tingeltangels tanzten, schleuderte er mit verzweifelter, schriller, übermenschlicher Stimme einen grässlichen Schrei: »Madeleine!«

Sein herzzerreißender Ruf drang durch die weite Stille des Himmels, lief über den ganzen Horizont.

Dann schnellte er mit einem gewaltigen Sprung, dem Sprung eines Tiers, hinab in den Fluss. Das Wasser spritzte hochauf, schloss sich wieder, und an der Stelle, wo er verschwunden war, bildete sich ein Kranz großer Ringe, die in glitzernden Wellen hinüberrollten bis ans andere Ufer.

Die zwei Frauen hatten gehört. Madeleine fuhr empor: »Das ist Paul.« Ein Verdacht keimte in ihrer Seele. »Er hat sich ertränkt«, sagte sie. Und sie lief ans Ufer, die dicke Pauline folgte hinterher.

Eine schwere Zille mit zwei Männern manövrierte an ein und derselben Stelle. Einer der Schiffer ruderte, der andere stocherte mit einer langen Stange im Wasser und schien etwas zu suchen. Pauline schrie: »Was tut ihr? Was ist los?« Eine unbekannte Stimme antwortete: »Da ist gerade ein Mann ertrunken.«

Die beiden Frauen, eng aneinandergedrängt, verstört, folgten dem Hin-und-Her des Kahns. Die Musik aus der *Grenouillère* tändelte immer noch in der Ferne, begleitete scheinbar im Takt die Bewegung der düsteren Fischer; und der Strom, der nun einen Leichnam barg, kreiselte, festlich illuminiert.

Das Suchen zog sich in die Länge. Durch die entsetzliche Warterei begann Madeleine zu schlottern. Endlich, nach mindestens einer halben Stunde, verkündete einer der Männer: »Ich hab ihn!« Und er hievte seinen mächtigen Bootshaken langsam hoch, ganz langsam. Nun kam etwas Großes an die Wasseroberfläche. Der andere Fährmann ließ seine Ruder los, und zu zweit, mit vereinten Kräften an der reglosen Masse zerrend, wuchteten sie diese in ihren Kahn.

Dann fuhren sie, nach einer beleuchteten, flachen Stelle suchend, in Richtung Ufer. Gerade als sie anlegten, erschienen auch die Frauen.

Als sie ihn sah, wich Madeleine vor Grauen zurück. Im Mondlicht wirkte er bereits grün, mit all dem Schlamm in Mund, Augen, Nase, Kleidern. Seine verkrallten, steifen Finger waren furchtbar. Eine Art schwärzlicher, flüssiger Belag überzog seinen ganzen Körper. Der Kopf schien gedunsen, und aus seinem von Schlick verklebten Haar rann unaufhörlich dreckiges Wasser.

Die zwei Männer betrachteten ihn.

»Kennst du den?«, fragte der eine.

Der andere, der Ferge aus Croissy, zögerte: »Ja, mir ist, als hätte ich dieses Gesicht schon irgendwo gesehen; aber weißt du, so ist keiner mehr zu erkennen.« Und dann, plötzlich: »Aber das ist doch Monsieur Paul!«

»Was für ein Monsieur Paul?«, fragte sein Kamerad.

Der erste erklärte:

»Na, Monsieur Paul Baron, der Sohn vom Senator, der Kleine, der so verliebt war.«

Der andere kommentierte philosophisch:

»Hm, jetzt hat er ausgelacht; schade drum, wenn man reich ist!«

Madeleine schluchzte, am Boden kauernd. Pauline trat näher an den Leichnam und wollte wissen: »Ist er wirklich tot? – ganz und gar?«

Die Männer zuckten mit den Achseln: »Oh! nach all der Zeit! bestimmt.«

Dann fragte einer von ihnen: »Hat er bei Grillon logiert?«

»Ja«, erwiderte der andere; »wir müssen ihn hinbringen, dafür gibt's Kohle.«

Sie stiegen wieder ins Boot und fuhren los, sich nur langsam entfernend, wegen der starken Strömung; und noch eine ganze Weile, als man sie schon nicht mehr sah von dort, wo die Frauen zurückgeblieben waren, hörte man den regelmäßigen Ruderschlag im Wasser.

Jetzt schloss Pauline die elende, bitterlich weinende Madeleine in den Arm, herzte sie, küsste sie lang, tröstete sie: »Was soll's, ist doch nicht deine Schuld, oder? Man kann die Männer halt nicht hindern am Blödsinnmachen. Er hat es so gewollt, Pech für ihn, am Ende!« Dann half sie ihr auf: »Na los, Schätzchen, komm und schlaf bei uns zu Hause; du kannst heute Abend nicht mehr zu Grillon.« Sie gab ihr noch einen Kuss: »Du, wir kurieren dich schon wieder«, sagte sie.

Madeleine erhob sich, und immer noch weinend, aber mit versiegenden Schluchzern, den Kopf an Paulines Schulter, wie im Schutz dieser Zärtlichkeit, inniger und fester, vertrauter und zuversichtlicher, ging sie mit ganz kleinen Schritten davon.

NACHWORT

Sehen: nur darauf kommt es an!

I.

Zwischen 1880 und 1890, also zwischen seinem dreißigsten und vierzigsten Lebensjahr, verfasst Guy de Maupassant rund dreihundert Erzählungen, dazu kommen sechs vollendete und zwei unvollendete Romane, drei Reiseberichte und gut zweihundertfünfzig Zeitungschroniken. Nach diesen zehn frenetischen Arbeitsjahren, er ist inzwischen gesundheitlich stark angeschlagen, erklärt Maupassant im Oktober 1891 einem Zeitschriftenherausgeber: »Ich bin fest entschlossen, keine Geschichten oder Erzählungen mehr zu schreiben. Das ist abgenutzt, vorbei, lächerlich. Übrigens habe ich zu viel davon geschrieben. Ich will nur an meinen Romanen arbeiten und mein Hirn nicht durch Histörchen ablenken von der einzigen Beschäftigung, die mich fesselt. [...] Ich habe eine Unmenge von Angeboten erhalten. Ich habe nichts angenommen. Jede seichte Arbeit langweilt mich zu Tode.« Und dennoch finden sich unter diesen nun als »Histörchen« und »seichte Arbeit« abgetanen Erzählungen jene kleinen Meisterwerke, die Maupassants Ruhm begründeten und heute immer noch ausmachen.

Begonnen hatte alles 1875 mit »La Main d'écorché« (»Die Totenhand«), Maupassants erster veröffentlichter Erzählung, inspiriert von einem mehrere Jahre zurückliegenden Besuch im Haus des exzentrischen Dichters Algernon Charles Swinburne in Étretat, wo den jungen Gymnasiasten der Anblick einer vertrockneten abgehäuteten Hand mit schwarzen Muskeln und schneeweißen Knochen zutiefst beeindruckte. Bis 1879 entstanden, während Maupassants literarischer Lehrjahre unter der Aufsicht des großen Flaubert und im freundschaftlichen Umgang mit Schriftstellern wie Émile Zola oder Iwan Turgenjew, noch sechs weitere Geschichten. 1880 folgte endlich der Paukenschlag mit »Boule de suif«: »Ich halte ›Fettklößchen‹ für ein *Meisterwerk*. Jawohl! junger Mann! Nicht mehr und nicht weniger, das stammt von einem Meister«, lobte Flaubert nach erster Lektüre am 1. Februar 1880 begeistert. Von nun an standen Maupassant angesehene Zeitungen und Zeitschriften offen, und zwischen 1882 und 1884 wird er jährlich rund sechzig Erzählungen veröffentlichen.

Maupassants insgesamt etwas über dreihundert Erzählungen erschienen zwischen 1881 und 1890 in fünfzehn Sammelbänden, dazu kommen noch zwei posthume Bände. Meist publizierte er seine Geschichten zunächst in der Tagespresse (*Le Gaulois*, *Gil Blas*, *Le Figaro*, *L'Écho de Paris*), hin und wieder auch in

Zeitschriften; einen Band stellte er zusammen, wenn genügend Erzählungen vorhanden waren. Je nach vereinbartem Umfang nahm er im letzten Augenblick noch eine heraus oder schrieb rasch eine weitere dazu, um die gewünschte Seitenzahl zu erreichen. Nie hat er seine Erzählungen thematisch geordnet; mit Ausnahme von *Contes du jour et de la nuit* (1885) und *La main gauche* (1889) tragen die Sammlungen einfach den Titel der ersten Erzählung im Band.

Warum nun also diese Zusammenstellung von vier Erzählungen unter dem Titel *Pläsier*? Ein Titel, unter dem sich noch andere Geschichten Maupassants vortrefflich einreihen ließen. Der Anlass ist ganz einfach der wunderbare gleichnamige Film von Max Ophüls aus dem Jahr 1952, dem diese vier Erzählungen zugrunde liegen, auch wenn am Ende nur die ersten drei Eingang gefunden haben in das fertige Werk. Aber dazu kommen wir später noch ausführlich. Zunächst einmal, was bedeutet der Titel dieses Episodenfilms? Das Substantiv »plaisir« bezeichnet im Französischen so verschiedene Dinge wie Vergnügen, Vergnügungen, Freude, Spaß, Unterhaltung, Lust – natürlich auch sinnliche, sexuelle Lust. Und um all diese Spielarten von »Pläsier« geht es in den vier Geschichten. Im französischen Original von »Die Maske« kommt das Wort »plaisir« zweimal vor, gleich am Anfang wird ein Kostümball als »gros plaisir tapageur / derber, lärmender Spaß« vorgestellt, und gegen Ende bilanziert eine betrogene Frau: »Ces choses-là donnent tant de plaisir aux hommes! plus de plaisir encore à dire qu'à faire peut-être. / Derlei Zeug macht den Männern so großen Spaß! mehr Spaß noch beim Sagen vielleicht als beim Tun.« In der berühmten Erzählung »Das Haus Tellier«, in der es ganz manifest um käufliche Lust geht, erscheint das Wort kein einziges Mal. Nur abgewandelt taucht es auf, und zwar als Adjektiv »plaisant / spaßig« oder als verbale Formulierung »ne pas plaisanter / keinen Spaß verstehen«. In »Das Modell« wird es zum Auslöser der Katastrophe: »Eh bien, tue-toi, si cela te fait plaisir! / Ja, bring dich um, wenn's dir Spaß macht!«, sagt der Mann zu seiner mit Selbstmord drohenden Geliebten. Und in »Die Frau von Paul« tituliert der Erzähler den Zeremonienmeister eines ausgelassenen sommerlichen Tanzvergnügens als »marchand de plaisirs publics à bon marché / Verkäufer billiger öffentlicher Pläsiere«. Die Zwei-, ja Mehrdeutigkeit des »plaisir« bildet also den durchgehenden Hintergrund der vier Geschichten.

Die Konsequenz dieser auf den ersten Blick so verführerischen Zusammenstellung nach Ophüls? Besonders die dritte und die vierte Erzählung des vorliegenden Bandes decouvrieren, gerade durch ihr unmittelbares Nebeneinander, die misogyne Seite von Maupassants Sittenbildern. Nicht nur aus heutiger Sicht wirkt der Kontrast zwischen Männern und Frauen allzu schablonenhaft: hier die vergeistigten, kunstsinnigen, empfindsam-melancholischen

Männer, dort die oberflächlichen, geistlosen, unsensiblen, nichts begreifenden Frauen. Natürlich gibt es in seinem Werk auch andere Frauenfiguren, aber die stark verbreitete Geringschätzung, Missachtung, Herablassung gegenüber Frauen ist doch auffällig und charakteristisch für den »homme à femmes« Maupassant. Bereits in der frühen Langerzählung »Les Dimanches d'un bourgeois de Paris« (»Sonntage eines Pariser Bourgeois«) finden sich im Abschnitt »Un dîner et quelques idées« auch für die damalige Zeit, also um 1880 herum, ziemlich haarsträubende Aussagen über Frauen – selbst wenn sie einem etwas kauzigen Angestellten in einem Pariser Ministerialbüro in den Mund gelegt werden. Beim Abendessen unter Kollegen stützt der Frauenverächter Monsieur Rade seine Thesen mit Zitaten von Rousseau über Lord Byron bis hin zu Schopenhauers »sie sind ›sexus sequior‹, das in *jedem* Betracht zurückstehende zweite Geschlecht«, und genussvoll zitiert er: »Weder für Musik noch Poesie noch bildende Künste haben sie wirklich und wahrhaftig Sinn und Empfänglichkeit; sondern bloße Äfferei zum Behuf ihrer Gefallsucht ist es, wenn sie solche affektieren und vorgeben.« Schlägt man nach bei Schopenhauer, entdeckt man unter § 369 in den *Parerga und Paralipomena* tatsächlich auch die einschlägigen Zitate von Rousseau und Byron. Immerhin lässt Monsieur Rade eine einzige Frau gelten; auf die Frage: »Und Madame Sand, Monsieur?«, erwidert er ohne Zögern oder Einschränkung: »Eine Ausnahme, Monsieur, eine Ausnahme.« Der Schriftstellerin George Sand zollte auch Maupassant größte Hochachtung.

II.

In seinem Essay *Poésie et photographie* (2014) erklärt der große französische Dichter Yves Bonnefoy: »Dieser Maupassant, der *Die Nacht* schreibt, von ihm kann ich sagen, er ist ein Fotograf.« Bonnefoy faszinieren die menschenleeren Straßen, die stummen Gebäude, der nächtliche Fluss in dieser Erzählung, und er fühlt sich erinnert an die schwarz-grau-weißen Arbeiten von Eugène Atget. Mit der Düsternis dieser und anderer Erzählungen Maupassants kontrastieren die, ja, man ist versucht zu sagen: farbenfrohen Geschichten, die beim Lesen schillern und leuchten. Maupassants Sprache gelingt es, bunte Bilder vor unseren Augen erstehen zu lassen, bei vielen Szenen, Orten, Figuren gerade in unseren vier Erzählungen sehen wir unwillkürlich berühmte Gemälde vor uns auftauchen, Mohnfelder von Monet, Ruderboote auf der Seine von Renoir, Manet oder Caillebotte, Ausflugslokale und ihre fröhlichen Gäste von Monet oder Renoir, Flussufer von Sisley, Strandszenen von Eugène Boudin … die Liste ließe sich lang weiterführen.

Maupassants Nähe zum Impressionismus ist in vielen seiner Landschaftsbeschreibungen spürbar; ähnlich wie die zeitgenössischen Maler ist er ständig auf der Suche nach »Impressionen«, nach Augenblicken, die es lohnen, festgehalten zu werden, nach Lichteffekten und Stimmungen, die ihn berühren. Mit vielen Malern ist er befreundet, 1886 betätigt er sich sogar als Kunstkritiker und schreibt für die Zeitung *Le XIX*^e^ *siècle* über den *Salon*, die jährliche große Kunstausstellung in Paris. Aus demselben Jahr stammt ein Brief an den Dichter Maurice Vaucaire, in dem Maupassant eine Art Credo seines Schreibens, ja, von Kunst überhaupt darlegt: »*Sehen:* nur darauf kommt es an, und zwar *richtig sehen*. Ich verstehe unter richtig sehen, mit eigenen Augen sehen und nicht mit den Augen der Meister. Die Originalität eines Künstlers zeigt sich zunächst in den kleinen Dingen und nicht in den großen. Meisterwerke wurden erschaffen über belanglose Kleinigkeiten, über gewöhnliche Gegenstände. Man muss in den Dingen eine Bedeutung finden, die noch nicht entdeckt worden ist, und versuchen, sie auf ganz persönliche Weise auszudrücken. / Wer mich verblüfft, indem er *von einem Kiesel, einem Baumstamm, einer Ratte, einem alten Stuhl* erzählt, der befindet sich gewiss auf dem Weg zur Kunst und taugt später auch für größere Sujets.«

In der am 28. September 1886 in der Tageszeitung *Gil Blas* erschienenen Chronik »La Vie d'un paysagiste« (»Das Leben eines Landschaftsmalers«) berichtet Maupassant von frühen, eindrucksvollen Begegnungen mit Camille Corot und Gustave Courbet in der Normandie: Den alten Corot im blauen Bauernkittel entdeckt der Vierzehnjährige, während eines Streifzugs zwischen Étretat und Beaurepaire, unter einem Apfelbaum sitzend und malend. Und Courbet steht bei aufgewühlter See vor der Staffelei in seinem Haus an den Felsen und klatscht »mit einem Küchenmesser Batzen weißer Farbe auf eine große nackte Leinwand. Hin und wieder ging er zum Fenster, drückte sein Gesicht dagegen und beobachtete den Sturm. Das Meer kam ganz nahe, fast schien es das Haus zu peitschen, eingehüllt in Gischt und Tosen. Das Salzwasser schlug gegen die Scheiben wie Hagel und rann über die Mauern.« Courbet arbeitete an seinen später berühmt gewordenen Wellen.

Über Claude Monet, dem er 1885 immer wieder »auf der Suche nach Impressionen« gefolgt ist, heißt es in »La Vie d'un paysagiste«: »In Wirklichkeit war er kein Maler mehr, sondern ein Jäger. Er ging dahin, von Kindern gefolgt, die seine Leinwände trugen, fünf oder sechs Leinwände, die alle dasselbe Sujet darstellten, zu verschiedenen Tageszeiten und mit anderen Lichteffekten. Er nahm sie nacheinander zur Hand, stellte sie wieder beiseite, den Veränderungen des Himmels folgend. Und der Maler, vor seinem Sujet, wartete, belauerte Sonne und Schatten, erhaschte mit ein paar Pinselstrichen den herabfallenden Strahl oder die vorüberziehende Wolke, und das Falsche und Konventionelle verschmähend, bannte er sie rasch auf die Leinwand.« Ganz ähnlich muss man sich wohl den Schriftsteller Maupassant denken, denn er scheint die Figuren seiner Erzählungen alle gekannt zu haben, er hat sie gesehen, »richtig gesehen«, mit eigenen Augen. Also ganz im Sinne von Courbet, der vor der »Heiligen Familie« eines Malerkollegen gesagt haben soll: »Das ist sehr schön! Sie haben sie also gekannt, diese Leute, und darum ihr Porträt gemalt?«

Maupassants oft ironisch gebrochene bis bitterböse Darstellungen kleiner, durchschnittlicher Leute oder wohlsituierter, selbstzufriedener Bürger, mit denen er schon bei seinen zeitgenössischen Lesern großen Erfolg hatte, stießen bei manchen Schriftstellerkollegen nicht auf dieselbe Begeisterung. Im *Journal* von Edmond de Goncourt, der einst mit Flaubert befreundet gewesen war und dadurch später auch mit Maupassant, findet sich kurz nach Maupassants Tod unter dem Datum 21. Juli 1893 ein für Goncourt nicht untypischer Eintrag: Der junge Schriftsteller und Übersetzer Marcel Schwob habe »beiläufig« gesagt, »Maupassant hätte den größten Teil seiner Erzählungen aus dem Klatsch und Tratsch der einen und andern gemacht«. Und unter dem 10. Juni 1894 notiert Goncourt, noch einmal in dieselbe Kerbe hauend, beim Begräbnis von Maupassant am 8. Juli des Vorjahres habe Hector Malot, ein wenig erfolgreicher

Schriftsteller aus La Bouille in der Nähe von Rouen, im Hinblick auf »Das Haus Tellier« verraten, »er selbst habe die Episode dieser Sache Maupassant berichtet, der aber habe verdorben, was er ihm erzählt hatte, indem er die Geschichte auf ein Fest enden ließ, während die Puffmutter zu ihren Frauen gesagt habe: ›Und heute Abend, ganz allein in die Heia!‹«

III.

Was hätte Max Ophüls mit diesem Ende gemacht? Denn das ausgelassene, überschwängliche Fest der Mädchen im Haus Tellier ist der krönende Abschluss des Hauptteils in seinem Film. Maupassant hatte, mit untrüglichem Gespür für den richtigen Effekt, die Schraube der Skurrilität noch ein Stück weiter gedreht: die glückliche Heimkehr der verlorenen Schafe in den provinziellen Sündenpfuhl. Ophüls' Film ist eine Art Triptychon, bestehend aus dem langen mittleren Hauptteil (»Das Haus Tellier«), inszeniert als bunte Komödie, als Satire auf die bodenständige, doppelte Moral der Bürger, als fast schon blasphemischer Spott über die dörfliche Religiosität, als Hommage, ja Liebeserklärung an die »Mädchen« in einem Provinzbordell. Eingerahmt ist diese Burleske von zwei kurzen Episoden, zwei ernsten, tragischen Sequenzen: »Die Maske« eröffnet den Film, »Das Modell« beschließt ihn. Eine perfekte Komposition.

Doch anfangs hatte Ophüls, der wohl schon lange an eine Maupassant-Verfilmung dachte, als dritte Episode »Die Frau von Paul« vorgesehen, aus finanziellen Gründen musste er sie schließlich austauschen. Wie Helmut G. Asper in seiner Ophüls-Biographie erzählt, schloss der Regisseur im März 1951 die nötigen Verträge, begann mit den Vorbereitungen, aber die Dreharbeiten verzögerten sich, und so wurde es Juni, bis Ophüls mit seinem Team in den Studios in Joinville und in der Rue Francœur auf dem Montmartre zu arbeiten begann. Für die Außenaufnahmen von »Das Haus Tellier« begab sich die ganze Mannschaft – es war Ophüls' bewährte Truppe, mit der er 1950 bereits *Der Reigen* gedreht hatte – schließlich in die Normandie, nach Clécy, südlich von Caen. Das Dorf La Chapelle-Engerbold besaß die passende Kirche (allerdings nur für die Außenaufnahmen, denn Ophüls erhielt keine Drehgenehmigung für den Innenraum), und blühende Felder fanden sich in Pontécoulant. Prächtig war nicht nur die normannische Landschaft, auch das Aufgebot an Schauspielern konnte sich sehen lassen: Jean Gabin als Joseph Rivet, Pierre Brasseur als Handlungsreisender, Madeleine Renaud als Madame Tellier und Danielle Darrieux als Madame Rosa.

Ophüls hatte freilich den Ruf, langsam und folglich teuer zu drehen, nach zehn Wochen, als die ersten zwei Episoden fertiggestellt waren, ging dem Produzenten das Geld aus, die Arbeit wurde unterbrochen. Erst im Herbst konnte Ophüls einen neuen Produzenten gewinnen, der aber fand den Stoff der dritten Episode allzu brisant. Das Drehbuch für *Le Plaisir*, das wie bei der Schnitzler-Verfilmung von Jacques Natanson und Max Ophüls stammte, war längst fertig, die drei Episoden verbunden durch eine Art Conférencier wie in *Der Reigen* – diesmal allerdings ist dieser Meneur de jeu der Schriftsteller selbst: Maupassant, von dem allerdings nur die fiktive Stimme zu hören sein wird. Ophüls' ursprüngliches Konzept des Films wurde im Drehbuch durch eine Unterhaltung zwischen Regisseur und Schriftsteller erläutert: Die drei Teile sollten Pläsier und Liebe, Pläsier und Reinheit, Pläsier und Tod gegenüberstellen. Zum Glück war Ophüls unter anderem auch ein großer Improvisator und so wurde aus dem Tod in der dritten Episode nur ein »moralischer Tod«, eine »Bestrafung des Pläsiers« durch erpresste Heirat. Die Schauspieler blieben dieselben: Simone Simon als Joséphine und Daniel Gélin als Jean hätten eigentlich Madeleine und Paul verkörpern sollen. Zugleich bilden durch Ophüls' leichte Bearbeitung des Schlussteils »Die Maske« und »Das Modell« nun thematisch eine noch stärkere Klammer: zwei durch die Ehe aneinandergekettete Paare, gealtert, verbittert, resigniert. Unterstrichen wird die Verbindung von Anfang und Ende noch durch das gemeinsame musikalische Thema. Gedreht wurden die Außenaufnahmen von »Das Modell« in Trouville-sur-Mer, die »zwei jungen Männer« aus der Erzählung, die sich am Strand über den Maler und sein Modell unterhalten, sind im Film der natürlich ebenfalls älter gewordene ehemalige Freund von Jean Summer und Maupassant selbst. Der berühmte ironisch-bittere Schlusssatz des Films: »Le bonheur n'est pas gai. / Das Glück ist nicht lustig.« stammt nicht von Maupassant, sondern aus der Feder von Max Ophüls.

Maupassants eigenwillige Art, Menschen, Landschaften, Situationen zu *sehen*, sie durch seine Sprache zu evozieren und in der Imagination des Lesers erscheinen zu lassen, hat Ophüls zu außergewöhnlichen Bildern angeregt. Die aus dem Off gesprochenen Kommentare begründete er dem Kritiker Jean-Jacques Gautier gegenüber damit, er habe die Schönheit von Maupassants Beschreibungen nicht verlieren wollen. Zugleich aber setzt er, um nur ein Beispiel zu nennen, die Landschaftsszenen in »Das Haus Tellier«, ganz besonders die lange Fahrt auf dem Karren des Tischlers übers Land vom Bahnhof ins Dorf der Rivets und tags darauf wieder zurück, in opulente, strahlende Bilder. Das Schwarzweiß des Films leuchtet so bunt und mit so vielen Schattierungen wie in der blühendsten Phantasie, die Blumen auf den Feldern rivalisieren mit den Kleidern und Sonnenschirmen der Damen auf dem Fuhrwerk, das gleißende Sommerlicht, der subtile Wechsel von Hell und Schatten machen den Film zu einem Meisterwerk.

IV.

Früh schon hatte Maupassant durch seinen Freund und Förderer Flaubert den regelmäßig in Bougival bei Paris weilenden Turgenjew kennengelernt, und der wiederum bemühte sich, Maupassant auch in Russland bekannt zu machen. Bereits 1881 überbrachte er den Erzählungsband *La Maison Tellier* bei einem Besuch Lew Tolstoi, dem aber missfielen die frivolen Geschichten zutiefst. Dennoch schrieb er 1894 ein langes Vorwort zur ersten russischen Maupassant-Ausgabe. Darin urteilt Tolstoi streng nach moralischen Kriterien, »Das Haus Tellier« sei ein belangloses Thema und »Die Frau von Paul« behandle unbegreifliche Obszönitäten, besonders stört ihn, dass Maupassant die arbeitende Landbevölkerung nicht bloß gleichgültig beschreibe, sondern mit Verachtung, Geringschätzung, so, wie man von Tieren spricht. Das Unverständnis gegenüber der Arbeiterklasse sei typisch für die Mehrheit der modernen französischen Autoren. All dem zum Trotz attestiert er schon dem jungen Maupassant von 1881 Talent. Erst viel später, gesteht Tolstoi, sei ihm die im selben Band enthaltene schöne Geschichte »Der Papa von Simon« aufgefallen und die großartige Beschreibung der Nacht in »Auf dem Wasser«. Gelten lässt er vor allem den Roman *Ein Leben*, den er neben Victor Hugos *Die Elenden* stellt. Und bei aller Kritik gegenüber Maupassants Themen, seiner Darstellung gesellschaftlicher Verhältnisse, bescheinigt er ihm die Gabe, Dinge zu sehen, die andere nicht sehen.

Fast dreißig Jahre später befasste sich der aus Odessa stammende meisterhafte Stilist Isaak Babel mit Maupassant. Der Ich-Erzähler in seiner Geschichte »Guy de Maupassant« soll die Übersetzungen einer reichen Petersburger Dame korrigieren, die sich in ihren Mußestunden Maupassant widmet, der einzigen Leidenschaft ihres Lebens, wie sie betont. Das Ergebnis ihrer Hingabe ist freilich enttäuschend: »In dieser Übersetzung war keine Spur erhalten von der Satzmelodie Maupassants, leicht und fließend, mit dem langen Atem der Leidenschaft.« Die Dame ist sprachlos, als sie das überarbeitete Manuskript in Händen hält und verlangt eine Erklärung: »Da sprach ich vom Stil, von der Armee der Wörter, einer Armee, in der sich sämtliche Waffengattungen tummeln. Kein Eisen vermag so schneidend kalt ins menschliche Herz zu dringen wie ein zur rechten Zeit gesetzter Punkt.«

Tolstoi und Babel stehen hier stellvertretend für eine Nachwelt, die Maupassant, längst Teil der Weltliteratur, in sehr entgegengesetzten Perspektiven liest: hier der faszinierende Stilist, der Künstler, der in Dramaturgie, Tempowechsel, in der Satzmelodie bis hin zum pointiert gesetzten Satzzeichen seine leidenschaftlichen Geschichten und Szenen präzise zuzuspitzen weiß; dort der provozierende, keine Moral respektierende Schilderer der zweideutigen Bürgergesellschaft, wie sie nun einmal ist. Max Ophüls wird von beidem fasziniert gewesen sein. Und er hat bei Maupassant die Eigenschaft gefunden, die ihn wie geschaffen machte für den Film, wie er ihn sich vorstellte: »*Sehen*: nur darauf kommt es an, und zwar *richtig sehen*«, hatte Maupassant geschrieben. »Ich verstehe unter richtig sehen, mit eigenen Augen sehen …« Maupassants Geschichten sind immer auch *gesehen*, das hat Ophüls verstanden, und deshalb vermag sein Film in Bildern überzeugend sichtbar zu machen, was Maupassant in Worten erzählt.

Elisabeth Edl

ANHANG

Notiz

Die vier Erzählungen stammen aus den 1880er Jahren. »Le Masque« erschien zunächst in *L'Écho de Paris* vom 10. Mai 1889 und wurde 1890 in den Band *L'Inutile Beauté* aufgenommen. »La Maison Tellier« wurde erstmals 1881 im gleichnamigen Erzählungsband veröffentlicht, ohne Vorabdruck in einer Zeitung oder Zeitschrift. »Le Modèle« war zum ersten Mal in *Le Gaulois* vom 17. Dezember 1883 zu lesen und wurde 1888 in den Band *Le Rosier de Mme Husson* aufgenommen. »La Femme de Paul« erschien 1881 in *La Maison Tellier*, ohne Vorabdruck. Unsere Übersetzung beruht auf der Textfassung der zwei Bände *Contes et Nouvelles* in der Bibliothèque de la Pléiade von 1974 und 1979.

Die Werke Maupassants, auf die in Nachwort oder Anmerkungen verwiesen wird, sind nach den folgenden Ausgaben in der Bibliothèque de la Pléiade zitiert:
Contes et Nouvelles, tome I (1875–mars 1884), éd. de Louis Forestier, 1974.
Contes et Nouvelles, tome II (avril 1884–1893 et contes posthumes), éd. de Louis Forestier, 1979.
Romans, éd. de Louis Forestier, 1987.
Jacques Réda: *Album Maupassant*, 1987.

Weiterhin:
Guy de Maupassant: *Über Gustave Flaubert.* Aus dem Französischen von Ernst Wilhelm Fischer. Mit einem Nachwort von Elisabeth Edl, Berlin 2021.
Gustave Flaubert – Guy de Maupassant: *Correspondance*, éd. d'Yvan Leclerc, Paris 1993.

Isaak Babel: »Guy de Maupassant«. Übs. von Bettina Kaibach. In: *Mein Taubenschlag. Sämtliche Erzählungen.* Hg. von Urs Heftrich und Bettina Kaibach, München 2014, S. 75–85.

Genutzt wurden außerdem die verschiedenen Arbeitsmittel, die über den Verein »Amis de Flaubert et Maupassant« zugänglich sind: https://www.amis-flaubert-maupassant.fr/; Maupassants zahlreiche Chroniken für Zeitungen und Zeitschriften finden sich unter http://maupassant.free.fr/chroniques1.html, seine Korrespondenz unter http://maupassant.free.fr/correspondance1.html.

Helmut G. Asper: *Max Ophüls.* Eine Biographie mit zahlreichen Dokumenten, Texten und Bildern, Berlin 1998; hilfreich waren besonders die Seiten 565–584.
Max Ophüls: *Spiel im Dasein. Eine Rückblende.* Hg. von Helmut G. Asper. Mit einem Vorwort von Marcel Ophuls und einem Nachwort von Hilde Ophüls, Berlin 2015.

Zeittafel zur Biographie

1846 Am 9. November heiraten Gustave de Maupassant (1821–1900) und Laure Le Poittevin (1821–1903), beide sind enge Freunde Gustave Flauberts.

1850 Am 5. August wird Henry René Albert Guy de Maupassant auf Schloss Miromesnil in Tourville-sur-Arques bei Dieppe geboren. Die Maupassants pendeln zwischen Rouen, Fécamp, Étretat und La Neuville-Champ-d'Oisel, zuweilen sind sie auch in Paris.

1854 Die Maupassants lassen sich im Château Blanc von Grainville-Ymauville im Departement Seine-Maritime nieder.

1856 Am 19. Mai wird Guys Bruder Hervé geboren.

1859 Die Maupassants ziehen nach Paris; ab Oktober ist Guy Schüler am Lycée Impérial Napoléon (dem heutigen Lycée Henri IV), bis zum Ende des Schuljahres 1859/60.

1860 Trennung der Eltern wegen Gustaves notorischer Untreue; der Vater bleibt in Paris, während Laure mit den beiden Söhnen nach Étretat zieht, in das Haus »Les Verguies«.

1861–1862 Unterricht durch Abbé Aubourg, einen Geistlichen in Étretat. Im Dezember 1862 liest Laure de Maupassant ihren Söhnen Flauberts Roman *Salammbô* vor.

1863 Offizielle Trennung der Eltern. Im Oktober wird Guy Internatsschüler an einer geistlichen Institution in Yvetot, er schreibt erste Verse.

1864 Im Sommer sieht er Camille Corot bei Beaurepaire unter einem Apfelbaum im Freien malen; wenige Jahre später, wahrscheinlich im August 1869, beobachtet er Gustave Courbet am Strand beim Malen eines seiner Wogenbilder.

1865–1866 Schulbesuch in Yvetot. Guy erträgt die triste Klosteratmosphäre immer schlechter, erste Undiszipliniertheiten.

1866 Vom 1. bis 15. April geht Guy aufs Gymnasium in Le Havre. Während der Sommerferien in Étretat macht er die Bekanntschaft des Dichters A. C. Swinburne; in dessen Haus beeindruckt ihn neben anderen Bizarrerien eine mumifizierte abgehäutete Hand. In der Chronik »L'Anglais d'Étretat« (*Le Gaulois*, 29. November 1882) situiert Maupassant die Begegnung im Sommer 1867 oder 1868.

1867 Im September erster Besuch bei Gustave Flaubert in Croisset bei Rouen.

1868 Ende Mai wird er wegen anstößiger Verse von der Schule in Yvetot verwiesen; Juni–Juli am Lycée Corneille in Rouen. Beginnt im Herbst sein letztes Schuljahr in Rouen, Flauberts enger Freund Louis Bouilhet kümmert sich um den Internatsschüler.

1869 Am 18. Juli stirbt Bouilhet, am 27. Juli besteht Guy sein Bakkalaureat; ab Oktober Jura-Studium in Paris, er wohnt bei seinem Vater.

1870–1871 Im Juli bricht der Deutsch-Französische Krieg aus, der junge Maupassant wird eingezogen und dient in verschiedenen Verwaltungsabteilungen bis Ende 1871.

1872 Tritt eine Stelle im Marineministerium an, zunächst ohne Gehalt. Zwei Begegnungen mit Flaubert.

1873 Ab 1. Februar feste, entlohnte Anstellung im Marineministerium. Beginn von Maupassants literarischen Lehrjahren durch die wachsende Freundschaft mit Flaubert; seine freie Zeit verbringt er in den kommenden Jahren allerdings am liebsten mit Fechten, Pistolenschießen, Schwimmen, Segeln und Rudern an der Seine (Argenteuil, Bezons, Chatou, Bougival, Sartrouville) oder an der normannischen Küste.

1874 Lernt durch Flaubert einflussreiche Autoren wie Émile Zola und Edmond de Goncourt kennen.

1875 Anfang des Jahres erscheint in *L'Almanach lorrain de Pont-à-Mousson* unter dem Pseudonym Joseph Prunier Maupassants erste Erzählung, »La Main d'écorché«; im April findet die erste private Aufführung seines schlüpfrigen Theaterstücks *À la feuille de rose, maison turque* statt (Maupassant spielt die Rolle der Prostituierten Raphaële), eine Art Hommage auf das Ende von Flauberts *Éducation sentimentale* (1869). Bekanntschaft mit Iwan Turgenjew und Stéphane Mallarmé.

1876 Beteiligt sich an der jungen Literatengruppe »Soirées de Médan« um Émile Zola. Unter dem Pseudonym Guy de Valmont erscheint in *La République des Lettres* vom 20. März 1876 das erotische Langgedicht »Au bord de l'eau«. Erste Zeitungschroniken, darunter ein Artikel über Flaubert. In Briefen klagt er über Herzrasen, Atembeschwerden, Herpes.

1877 Im Sommer Reise in die Schweiz, um in Loèche-les-Bains eine Kur zu machen, Maupassant laboriert an den Folgen einer Ansteckung mit Syphilis. Die Freundschaft mit Zola wird enger; einige Zeitungschroniken.

1878 Ende des Jahres Wechsel in ein Büro des Unterrichtsministeriums. Arbeitet vor allem an Gedichten und Theaterstücken, die zum Teil auch aufgeführt werden. Kurze Erzählungen erscheinen. Im Juli klagt er bei Flaubert wieder über verschiedene gesundheitliche Probleme und Konzentrationsmangel, dieser ermahnt ihn: »Sie *müssen* mehr arbeiten als bisher. Allmählich hege ich den Verdacht, dass Sie ein bisschen faul sind. Zuviel Huren! zuviel Kahnfahren! zuviel Sport!«

1879 Am 21. Mai erste Einladung in den Salon der Prinzessin Mathilde und damit Aufnahme ins mondäne Pariser Leben. Im September Reise durch die Bretagne und nach Jersey; im Dezember druckt *La Réforme* die Erzählung »Le papa de Simon«.

1880 Im Januar Anklage wegen »Verstoßes gegen die öffentliche Moral sowie gegen die Sittlichkeit« aufgrund des Gedichts »Au bord de l'eau«, das *La Revue moderne et naturaliste* am 1. November 1879 unter dem Titel »Une fille« noch einmal abgedruckt hat, allerdings mit richtigem Verfassernamen. Flaubert veröffentlicht einen geharnischten offenen Brief in *Le Gaulois*, das Verfahren wird eingestellt. Am 17. April erscheint *Les Soirées de Médan* mit je einer Erzählung zum Deutsch-Französischen Krieg 1870/71 von Émile Zola, Joris-Karl Huysmans, Henry Céard, Léon Hennique, Paul Alexis und Guy de Maupassant; Flaubert ist begeistert von »Boule de suif« (»Am liebsten würde ich Dich eine Viertelstunde lang abküssen!«). Eine Woche später folgt Maupassants erster Gedichtband: *Des vers*. Am 8. Mai stirbt Flaubert überraschend, Maupassant hält die Totenwache (»seine verschwundene Zuneigung hat die Welt um mich herum wie entleert«); in den kommenden Jahren wird er sich um Flauberts Nachlass kümmern. Ab Juni lässt Maupassant sich von seiner Stelle im Ministerium beurlauben; im Herbst reist er mit seiner Mutter durch Korsika; leidet unter starker Migräne. Beginn der Liaison mit Gisèle d'Estoc. Im Verlauf dieses Jahres veröffentlicht er ein gutes Dutzend Chroniken, darunter zwei über Flaubert.

1881 Maupassant leidet, wie schon im Vorjahr, unter Haarausfall, starken Kopfschmerzen und Sehstörungen. Im Mai erscheint sein erster Erzählungsband, *La Maison Tellier*, die Kritik ist durchmischt, der Erfolg beim Publikum jedoch groß. Im Sommer zweimonatige Reise durch Algerien, für die darüber in *Le Gaulois* publizierten Artikel wird er wegen seiner antikolonialistischen Haltung zum Teil heftig angegriffen. Insgesamt rund sechzig Chroniken, darunter vier über Flaubert.

1882 Im Januar Schussverletzung an der Hand, wohl durch einen selbstverschuldeten Unfall. Im Mai erscheint der Erzählungsband *Mademoiselle Fifi*. Endgültiges Ausscheiden aus dem Unterrichtsministerium.

1883 Die gesundheitlichen Probleme nehmen zu. Lässt sich in Étretat ein Haus bauen, das er »La Guillette« nennt. Anfang April erscheint der Roman *Une vie*, es folgen die Erzählungsbände *Contes de la Bécasse* und *Clair de lune*. Insgesamt veröffentlicht Maupassant etwa hundert Erzählungen und Chroniken. Am 27. Februar wird sein Sohn Honoré Lucien geboren († 1947), am 25. Juni 1884 und am 29. Juli 1887 die Töchter Jeanne Lucienne († 1952) und Marthe Marguerite († 1951); Maupassant wird seine Kinder mit der Modistin Joséphine Litzelmann (1855–1920) nie anerkennen. Im November tritt François Tassart (1866–1949) in Maupassants Dienste, durch ihn sind viele Einzelheiten aus den letzten zehn Lebensjahren des Schriftstellers überliefert.

1884 Anfang des Jahres erscheinen der algerische Reisebericht *Au soleil* sowie die von Maupassant herausgegebenen Briefe Gustave Flauberts an George Sand mit einem langen Vorwort. Es folgen die Erzählungsbände *Miss Harriet*, *Les Sœurs Rondoli* und *Yvette*. Beginn der wichtigen Freundschaft mit Hermine Lecomte du Noüy, die zusammen mit den Schwestern Marie Kann und Louise Cahen d'Anvers sowie der Gräfin Emmanuela Potocka zu den prominenten Frauenfiguren in Maupassants Leben gehört. Von März bis Juni Korrespondenz mit der jungen Russin Marie Bashkirtseff. Im Dezember Besuch in Cannes, bei seiner kranken Mutter. Publiziert an die neunzig Erzählungen und Chroniken.

1885 Im Mai veröffentlicht er den Roman *Bel-Ami*, im März und Dezember die Erzählungsbände *Contes du jour et de la nuit* und *Monsieur Parent*. Im April und Mai ausgedehnte Reise durch Italien bis hinunter nach Sizilien, Rückkehr über die Côte d'Azur. Maupassant verkehrt nunmehr in der vornehmen Pariser Gesellschaft, im Salon von Marie Kann oder bei Geneviève Straus, wo auch der junge Marcel Proust häufig zu Gast ist. Insgesamt entstehen etwa sechzig Chroniken und Erzählungen.

1886 Maupassants Bruder Hervé heiratet am 19. Januar Marie-Thérèse Fanton d'Andon (1855–1946). Im Januar und Mai erscheinen die Erzählungsbände *Toine* und *La Petite Roque*. In der ersten Augusthälfte Reise in die Grafschaft Hampshire, nach Oxford und kurzer Besuch in London; einen Teil des Herbstes verbringt Maupassant wie jedes Jahr mit Freunden in seinem Haus »La Guillette« in Étretat, gegen Jahresende ist er an der Côte d'Azur. Vierunddreißig Chroniken und Erzählungen.

1887 Im Januar erscheint der Roman *Mont-Oriol* und im Mai der Erzählungsband *Le Horla*. Im Juni wird »La Guillette« vergrößert; am 8. und 9. Juli unternimmt Maupassant zwei Flüge im Heißluftballon, die großes Aufsehen erregen, er verfasst darüber mehrere Artikel für *Le Figaro*. Von Anfang Oktober bis Mitte November ausgedehnte Nordafrika-Reise. Im Sommer erste Anzeichen geistiger Zerrüttung bei Hervé de Maupassant. Dreißig Chroniken und Erzählungen.

1888 Im Januar erscheint *Pierre et Jean* mit dem theoretischen Essay »Le Roman« als Vorwort, Ende Juni der Reisebericht *Sur l'eau* (mit dem eigenen Schiff entlang der Côte d'Azur), im Oktober der Erzählungsband *Le Rosier de Mme Husson*. Im April ist Maupassant mit seiner Yacht *Bel-Ami* in Cannes, Toulon, Marseille; im Herbst Kuraufenthalt in Aix-les-Bains wegen heftiger Migräneanfälle; im November und Dezember Reise nach Algerien und Tunesien. Hervé de Maupassant wird im Verlauf des Jahres zweimal in die psychiatrische Anstalt Lyon-Bron eingewiesen. Nur vierzehn Chroniken und Erzählungen.

1889 Im Februar erscheint der Erzählungsband *La Main gauche*, im Mai der Roman *Fort comme la mort*. Im selben Monat speist Maupassant hin und wieder im Restaurant des frisch eingeweihten Eiffelturms. Von

August bis Oktober lange Kreuzfahrt auf der *Bel-Ami* (Italien, Algerien, Tunesien), weiterhin gesundheitliche Probleme. Im August wird Hervé erneut in die Anstalt eingeliefert, er stirbt am 13. November an den Folgen einer Syphiliserkrankung. Achtzehn Chroniken und Erzählungen.

1890 Im März erscheint der Reisebericht *La Vie errante* (auf der *Bel-Ami* die italienische Küste entlang, nach Sizilien, von Algier nach Tunis und weiter in Richtung Kairuan), im April der Erzählungsband *L'Inutile Beauté*, im Juni der Roman *Notre cœur.* Maupassant klagt über Sehstörungen, Kopfschmerzen, Gedächtnislücken; verschiedene Kuraufenthalte in Aix-les-Bains bei Dr. Henry Cazalis und in Plombières-les-Bains. Im Herbst Reisen nach Nizza, Saint-Tropez und Nordafrika. Nur noch wenige Chroniken und Erzählungen, darunter zwei Artikel über Flaubert.

1891 Am 17. März veröffentlicht *L'Écho de Paris* seine »Notes sur Swinburne«, die gleichzeitig als Vorwort zu einer Ausgabe *Poèmes et ballades* erscheinen. Anfang des Jahres neuerlich starker Haarausfall; Maupassant leidet unter akutem Gedächtnisschwund, Schreib- und Artikulationsschwierigkeiten, Zahnschmerzen, Lähmungserscheinungen, großer physischer und psychischer Niedergeschlagenheit, konsultiert immer mehr verschiedene Ärzte; außerstande, an einem neuen Roman *(L'Angélus)* zu arbeiten. Zwischen Juni und August mehrere Kuraufenthalte in Divonne-les-Bains, Champel-les-Bains bei Genf, Aix-les-Bains. Reist im November nach Cannes, macht dort am 14. Dezember ein Testament zugunsten seiner Nichte Simone (1887–1968), verfasst

Abschiedsbriefe, u. a. an Dr. Cazalis: »Der Tod ist nahe, und ich bin verrückt.«

1892 In der Nacht vom 1. auf den 2. Januar unternimmt Maupassant mehrere Selbstmordversuche, am 7. wird er in die psychiatrische Klinik von Dr. Émile Blanche in Passy eingeliefert, die er nicht mehr verlässt.

1893 Am 6. Juli stirbt Guy de Maupassant. Posthum erscheinen die Bände *Le Père Milon* (1899) und *Le Colporteur* (1900) mit bislang unveröffentlichten bzw. nur in Zeitschriften veröffentlichten Erzählungen sowie die unvollendeten Romane *L'Âme étrangère* (1894) und *L'Angélus* (1895).

Anmerkungen

Die Maske

7 *Élysée-Montmartre*: In Paris, am Fuß des Montmartre-Hügels, an der Ecke Boulevard de Rochechouart/Rue de Steinkerque (18. Arrondissement) gelegenes großes Tanz- und Vergnügungslokal, ein sogenannter »bal publique«, mit einem tausend Quadratmeter großen Ballsaal, Orchesterbühne, Wintergarten, Restaurant, Spielhalle und Gartenanlage samt Tanzfläche für den Sommer; gegründet 1807, 1858 aufwendig erweitert und bis 1897 unter diesem Namen in Betrieb.

– *Mittfasten*: Die »Mi-Carême« ist der Donnerstag der dritten Fastenwoche, an dem traditionell Maskenbälle, Umzüge usw. veranstaltet wurden.

– *zum Tanzsaal führt*: Zuweilen, auch in *Das Modell* und besonders oft in *Die Frau von Paul*, wechselt Maupassant abrupt von der Vergangenheit ins Präsens, wenn es um außerzeitliche oder allgemeingültige Dinge geht. Wie sein Lehrmeister Flaubert hebt er durch Verwendung des Indikativ Präsens topographische oder poetische Schilderungen aus der Erzählhandlung quasi heraus, verleiht ihnen Allgemeingültigkeit, holt sie in seine schreibende Gegenwart, aber auch in unsere lesende.

8 *Quadrille*: Ein Kontertanz im Dreiachtel- oder Zweivierteltakt, der von Anfang des 18. bis Anfang des 20. Jahrhunderts beliebt war und von vier Personen oder vier Paaren im Karree getanzt wurde. *Quadrille*

kann die ganze tanzende Gruppe bezeichnen, so wie hier an dieser Stelle, oder auch das Musikstück.

– *Songe-au-Gosse*: Sowohl feste Tanzgruppen wie auch einzelne Tänzer oder Tänzerinnen hatten ihre Spitznamen, Maupassant erfindet hier nach dem Muster seinerzeit berühmter Figuren: »Rotzbengeltraum« und »Kalbsgräte«.

9 *Musée Grévin*: 1882 von Alfred Grévin gegründetes Wachsfigurenkabinett am Boulevard Montmartre Nr. 10 (9. Arrondissement).

12 *zwei Grüne*: Absinth wird wegen seiner grünen Farbe auch »la fée verte« (die grüne Fee) genannt.

Das Haus Tellier

21 *Saint-Étienne*: Gemeint ist Saint-Étienne in Fécamp; von der Ecke Rue des Prés, gleich hinter der Kirche, überblickt man die Hafenbecken. Jenseits davon, oberhalb der Rue Sous-le-Bois (heute Quai Guy-de-Maupassant), erhebt sich auf einer Anhöhe die Chapelle Notre-Dame-du-Salut. Aus Fécamp, in jener Zeit noch ein wichtiger Hafen für den Kabeljaufang, stammte Maupassants Großmutter mütterlicherseits, Victoire Le Poittevin, geb. Thurin, eine enge Freundin von Flauberts Mutter.

– *das Vorurteil der Schande*: Kurz nach Erscheinen des Bandes *La Maison Tellier*, in dem die gleichnamige Erzählung zum ersten Mal zu lesen war, veröffentlichte Maupassant am 26. Mai 1881 in *Le Gaulois* einen Artikel mit dem Titel »Le préjugé du déshonneur«. Darin heißt es gleich am Anfang: »Ich bin für die Frau, die strauchelt, gegen den Mann, der tötet!« Anschließend wendet sich Maupassant vehement gegen die Gesetze, die Rechtsprechung, die öffentliche Meinung, die den Ehemännern alles erlaubt, ihren Frauen dagegen alles verbietet, und gegen eine Justiz, die betrogene Ehemänner gewohnheitsmäßig freispricht, wenn diese »ihre Ehre mit Blut reinwaschen«.

23 *im Valmont-Tal*: Östlich von Fécamp gelegen; Maupassant beschreibt hier die Landschaft seiner frühen Kindheit, erst ab 1860, nach der Trennung der Eltern, lebte er mit seiner Mutter und dem jüngeren Bruder Hervé in Étretat. Seine ersten Veröffentlichungen zeichnete er unter dem Pseudonym Guy de Valmont, z.B. das Langgedicht »Au bord de l'eau« (»Am Flussufer«), das in *La République des Lettres* vom 20. März 1876 erschien und ihm, nach einer Wiederveröffentlichung, Anfang 1880 beinahe einen Prozess eingebracht hätte wegen »Verstoßes gegen die öffentliche Moral sowie gegen die Sittlichkeit«.

24 *Leda*: Hier wahrscheinlich eine Zeichnung nach Michelangelo, dessen hocherotische Darstellung des mythologischen Motivs durch Kopien und Stiche große Verbreitung gefunden hatte. Bis 1643 soll das Gemälde sich am französischen Hof in Fontainebleau befunden haben, heute ist das Original verschollen.

25 *Raphaële*: So heißt auch eine Protagonistin in Maupassants Stück *À la feuille de rose, maison turque*, verfasst 1875 als eine Art Hommage auf die Schlussszene in Flauberts *Éducation sentimentale* (1869), in der sich die ältlich gewordenen Freunde Frédéric Moreau und Charles Deslauriers nostalgisch an einen missglückten Bordellbesuch in ihrer Jugend erinnern. Edmond de Goncourt schrieb dazu am 17. Mai 1877 nach einer der wenigen, rein privaten Aufführungen in sein Tage-

buch: »Heute Abend lässt der junge Maupassant in einem Atelier der Rue de Fleurus ein obszönes Stück aus seiner Feder aufführen, mit dem Titel *Feuille de rose* und gespielt von ihm und seinen Freunden. […] / Am nächsten Tag sprach Flaubert voller Begeisterung über diese Aufführung und fand als Charakterisierung den Satz: ›Ja, das ist sehr frisch!‹ *Frisch*, für diese Schweinerei, das ist wirklich ein Volltreffer.«

26 *Rosa la Rosse*: Dieser Spitzname ist trotz der Alliteration wenig schmeichelhaft: »une rosse« ist ein altes Ross, eine Schindmähre; vielleicht passt auf Rosa jedoch eher die Bedeutung des Adjektivs »rosse«: frech, unverschämt, scharfzüngig, bösartig, gemein.

– *als Liberté*: Man denkt unweigerlich an Eugène Delacroix' Gemälde »La Liberté guidant le peuple« (1830), das eine Marianne mit bloßem Busen zeigt, weil ihr im Schlachtgetümmel das Kleid von den Schultern gerutscht ist.

28 *Monsieur Tournevau*: Ausgerechnet der Name des Fischpöklers erinnert an ein Kalb (»veau«), eine Art Verkürzung von Kalbstournedos / Tournedos de veau, und verweist augenzwinkernd auf Flauberts *Madame Bovary* (1856) mit den vielen Anspielungen auf das Rindviehische im Menschen.

– *eine gesundheitspolizeiliche Maßnahme*: Die im Bordell arbeitenden Frauen wurden wöchentlich einer medizinischen Kontrolle unterzogen, eine von manchen Besuchern durchaus geschätzte »Sicherheit«.

– *Rue aux Juifs*: Maupassant setzt die »Judengasse« in Anführungszeichen, weil die Straße inzwischen wohl nicht mehr so hieß, gewohnheitsmäßig aber noch so genannt wurde.

29 *Sous-le-Bois*: In der Rue Sous-le-Bois (heute Quai Guy-de-Maupassant) stand das Haus von Maupassants Vorfahren mütterlicherseits, der Familie Le Poittevin, die eng befreundet war mit der Familie Flaubert.

30 *in Richtung Abtei*: Also zur alten Abteikirche La Trinité, Überrest einer einstmals größeren Anlage, von der sonst nur noch einige Ruinen erhalten sind.

31 *Rule, Britannia!*: Iwan Turgenjew riet zu diesem patriotischen Gassenhauer, nachdem ihn Maupassant im Januar 1881 nochmals um Hilfe bat: »Immer wieder vergesse ich, Sie zu fragen, wie der Titel dieses englischen Liedes heißt, und wie man ihn schreibt, es soll in meiner Erzählung *Das Haus Tellier* das von betrunkenen Matrosen gegrölte *God Save the Queen* ersetzen.«

32 *Virville*: Im Departement Eure gibt es keinen Ort namens Virville. Etwa 25 km nordöstlich von Le Havre und 30 km südlich von Fécamp liegt zwar das Dorf Virville, seine Lage (Departement Seine-Maritime) stimmt allerdings weder mit der weiter unten erwähnten Entfernung von »wenigstens zwanzig Meilen«, also ca. 80 km, noch der beschriebenen Zugstrecke überein. Französisch »lieue« ist ein altes Längenmaß von etwa 4 km, im Deutschen auch als »Wegstunde« bezeichnet. – »MEILE Eine Meile legt man schneller zurück als vier Kilometer.« (Gustave Flaubert: *Wörterbuch der Gemeinplätze*)

34 *Wagen zweiter Klasse*: Es gab insgesamt drei Klassen, Madame reist standesbewusst mit ihren Mädchen in der Klasse des mittleren Bürgertums.

– *Beuzeville*: Bréauté-Beuzeville (Seine-Maritime) ist ein Durchgangsbahnhof auf der 1847 eingeweihten Strecke von Rouen nach Le Havre. Die Abzweigung nordwärts von Beuzeville nach Fécamp wurde 1856 eröffnet.

– *Schal aus falschem französischen Kaschmir*: Der echte Kaschmirschal war ein Statussymbol, ein Luxuskleidungsstück, das bürgerliche Frauen zur Hochzeit geschenkt bekamen und das vererbt wurde. Beliebt war er jedoch auch bei Halbweltdamen, denn mit ihm konnte man Wohlhabenheit zur Schau stellen.

35 *Bolbec*: Nach Bréauté-Beuzeville der erste Bahnhof in Richtung Rouen.

39 *Motteville*: Der Zug fährt von Bolbec, also ostwärts, weiter über Yvetot; die kleine Gemeinde Motteville liegt ein Stückchen östlich von Yvetot, bis Rouen sind es noch etwa 30 km.

– *Oissel*: Nur wenige Kilometer südlich von Rouen gelegen; hier kann man umsteigen in Richtung Elbeuf.

48 *unter dem Hut des Lehrers*: Seit Beginn der 1880er Jahre hatte Jules Ferry schrittweise das Unterrichtswesen reformiert und den Besuch der Grundschule verpflichtend gemacht. Die Trennung von Kirche und Staat wurde in Frankreich erst 1905 per Gesetz eingeführt, darum begleitet der Lehrer die Kinder hier noch zur Messe.

49 *der Serpent*: Das schlangenförmig gewundene Blechblasinstrument mit sechs Grifflöchern und einem Umfang von drei Oktaven wurde im 19. Jahrhundert besonders in kleinen Dorfkirchen, die keine Orgel besaßen, noch häufig gespielt, so zum Beispiel bei Emma Bovarys Begräbnis (Gustave Flaubert: *Madame Bovary*, 3. Teil, 10. Kapitel).

58 *begann frischweg mit dem Dicken Pfarrer aus Meudon*: Ein Lied mit dem Titel »Le Gros Curé de Meudon« gibt es nicht, vielleicht aber singt Rosa das Volkslied

»Le Curé de Meudon«, das von einem Mann erzählt, der seine verschwundene Frau nach drei Tagen beim Pfarrer wiederfindet. Bérangers »Ma Grand-mère« ist allerdings nicht weniger schlüpfrig: Die Großmutter berichtet von ihren einstigen Liebhabern und rät den Enkelinnen, es ihr gleichzutun; siehe auch Romain Benini: »À propos d'une chanson de Béranger dans ›La Maison Tellier‹ de Maupassant«, *Littératures* [En ligne], 64|2011, mis en ligne le 03 août 2016, consulté le 14 février 2022. URL: http://journals.openedition.org/litteratures/501; DOI: https://doi.org/10.4000/litteratures.501.

– *Béranger*: Pierre-Jean de Béranger (1780–1857) war ein Dichter und Sänger, der mit der Restauration sein Genre fand, »das liberale und patriotische Lied, das seine große Erfindung war und bleiben wird«, wie der Literaturkritiker Sainte-Beuve schrieb. Seine antiklerikalen Satiren und politischen Pamphlete, die außerdem noch Napoleon verherrlichten, brachten ihn zweimal ins Gefängnis (1821 und 1828), seine populären Lieder trugen 1830 zum Sturz der Bourbonen bei, und schließlich wurde er zum großen Nationaldichter. Stendhal liebte ihn, Flaubert zitierte ihn zwar gern, verabscheute jedoch »diesen widerlichen Bürger, der die billige Liebe und die abgeschabten Röcke besungen hat« (23. August 1857 an Charles Baudelaire) mit zunehmendem Alter immer mehr: »Es gibt Dinge, nach denen ich einen Menschen auf den ersten Blick einschätze: 1. die Bewunderung für Béranger«, schrieb er am 1. Juni 1853 an seine Geliebte, die Dichterin Louise Colet, die durchaus etwas übrig hatte für Béranger. Maupassant scheint der Einschätzung seines Lehrmeisters zu folgen.

60 *seine lange Peitsche*: Die Szene erinnert an Charles Bovary, der bei seiner ersten Begegnung mit Emma nach seinem verlorengegangenen Ochsenziemer sucht (Gustave Flaubert: *Madame Bovary*, 1. Teil, 2. Kapitel). Schwer vorstellbar, dass Maupassant bei dem Ausdruck »son grand fouet« keine obszönen Hintergedanken hatte.

Das Modell

68 *Étretat*: Hier, an der normannischen Küste, im Pays de Caux, lebte Maupassant mit seiner Mutter und dem jüngeren Bruder Hervé nach der Trennung der Eltern im Jahre 1860, und auch später verbrachte der passionierte Segler hier seine Ferien und baute sich 1883 schließlich selber ein Haus, »La Guillette«. Unter Maupassants Zeitungschroniken findet sich auch ein längerer Artikel über Étretat (erschienen in *Le Gaulois*, 20. August 1880), der in spöttisch-amüsiertem Ton von den berühmten Schönheiten des Ortes, von den hier lebenden oder urlaubenden Künstlern berichtet und auch ein paar Klatschgeschichten erzählt.

– *Terrasse des Casinos*: In seiner Chronik *Étretat* spricht Maupassant gleich am Anfang vom Casino, von den Musikern und Malern, den schicken Toiletten der Damen. Um 1880 ist Étretat bereits ein beliebtes Seebad; Claude Monet malte 1883 sein »Étretat: la plage et la porte d'Amont«, das heute im Musée d'Orsay hängt. Aber auch die Strandbilder von Eugène Boudin aus den 1860er Jahren (»Baigneurs sur la plage de Trouville« oder »La Plage de Trouville«) sind in Maupassants Beschreibung spürbar.

70 *Künstler-Ehen*: *Les Femmes d'artistes*, eine Sammlung pessimistisch gestimmter Erzählungen von Alphonse Daudet (1840–1897) war 1874 erschienen. Maupassant kannte und schätzte Daudet seit langem; kennengelernt hatte er ihn bei den legendären literarischen Sonntagstreffen in Flauberts Pariser Junggesellenwohnung; ein liebevolles Porträt Daudets zeichnete Maupassant 1884 in der großen Würdigung seines Lehrmeisters *Über Gustave Flaubert*, dt. von E.W. Fischer, Berlin: Alexander Verlag 2021, S. 96f. Eine deutsche Übersetzung der *Femmes d'artistes* wurde bereits 1884 von Adolf Gerstmann unter dem Titel *Künstler-Ehen. Pariser Skizzen* vorgelegt.

72 *Andrésy*: Im Departement Yvelines, nordwestlich von Paris in einer Seine-Schleife gelegen, ein beliebter Sommerfrische-Ort. Reiche Pariser hatten hier im Mündungsgebiet von Oise und Seine ihre Landhäuser. Maupassant war ein leidenschaftlicher Segler und Ruderer, in seinen Erzählungen spielen neben dem Meer vor allem die Seine, Ausflugsorte, Vergnügungslokale, aber auch die nahezu mystische Anziehung durch das Wasser immer wieder eine wichtige Rolle, siehe u. a. »Yvette«, »Mouche«, »Sur l'eau«.

74 *Ich schaute in die Luft*: »Je regardais en l'air« war ein Gassenhauer, der sogenannte Grenicheux-Walzer im 3. Akt der Operette *Les Cloches de Corneville*, Musik von Robert Planquette, Libretto von Louis Clairville und Charles Gabet, uraufgeführt am 19. April 1877 im Pariser Théâtre des Folies-Dramatiques.

Die Frau von Paul

79 *Restaurant Grillon*: Als Vorbild diente Maupassant die Maison Fournaise, ein berühmtes Ausflugslokal mit Gästezimmern und Bootsverleih in Chatou, gleich unterhalb der Brücke, etwa 10 km westlich von Paris an der Seine gelegen. Der Lokalbetreiber Alphonse Fournaise, »ein kräftiger Bursche mit fuchsrotem Bart«, ist auf Renoirs Gemälde »Das Frühstück der Ruderer« (1880/81) zu sehen; Maupassant erwähnt das Haus auch in der Erzählung *Yvette* und in *Les Dimanches d'un bourgeois de Paris* (1880), im Abschnitt »Essai d'amour«. Heute ist die Maison Fournaise als »monument historique« geschützt und beherbergt neben einem Restaurant auch ein kommunales Museum.

– *Phalansterium*: Der Frühsozialist und Gesellschaftstheoretiker Charles Fourier (1772–1837) hatte ein Lebens- und Arbeitsmodell entwickelt, das aus sogenannten Phalansterien bestand, aus landwirtschaftlichen, industriellen oder künstlerischen Produktions- und Wohngemeinschaften. Anhänger Fouriers versuchten bis weit ins 19. Jahrhundert hinein, diese Form eines im Alltag durchaus freizügigen Zusammenlebens zu praktizieren. Darauf bezieht Maupassant sich ironisch.

80 *La Grenouillère*: Der »Froschteich« war ein äußerst beliebtes Ausflugslokal, das natürlich die Ruderer anzog, aber auch Badeanstalt war und Bälle veranstaltete. Claude Monet und Auguste Renoir malten hier 1869 mehrere Bilder über das vergnügte Treiben auf der Île de la Chaussée, auch Île de Croissy oder Île de la Grenouillère genannt. Die etwa 2,5 km lange Insel in der Seine liegt zwischen Bougival und Rueil-

Malmaison am linken Ufer und Croissy-sur-Seine am rechten Ufer. Auch in der Erzählung *Yvette* ist *La Grenouillère* ein wichtiger Schauplatz.

82 *Ganze Flotten*: Maupassants Aufzählung enthält verschiedene von den Sportruderern seiner Zeit benutzte Bootstypen: frz. »yole«: langes, schmales und schnelles Boot für zwei, vier oder sechs Ruderer; frz. »skiff«: langes, flaches, sehr schmales Boot für nur einen Ruderer; frz. »périssoire«: leichter, instabiler Einer mit Doppelpaddel, ähnlich einem ungedeckten Kajak, ist auf mehreren Bildern von Gustave Caillebotte zu sehen; frz. »podoscaphe«: ein Sportboot, das aus zwei langen Holz- oder Metallschwimmern bestand, die durch Stangen miteinander verbunden waren, der Paddler stand darauf und verwendete ein sehr langes Doppelpaddel, es gab damit sogar Ärmelkanalüberquerungen, Gustave Courbet malte 1865 eine »Femme au podoscaphe«; »gig«: leichtes, schlankes, schnelles Ruderboot für vier, sechs oder acht Ruderer.

83 *Mont-Valérien*: Der 162 m hohe Hügel in Suresnes trägt eine 1840/44 errichtete Festungsanlage, er liegt 12 km westlich von Paris und östlich der Seine-Schleife mit der Île de Croissy. Grausige Berühmtheit erlangte der Mont-Valérien zwischen 1941 und 1944, denn er diente der deutschen Besatzungsmacht als Hinrichtungsstätte.

– *Louveciennes*: Etwa 20 km westlich von Paris gelegen, wurde bekannt durch sein 1681 bis 1685 erbautes Aquädukt und durch die Maschine von Marly, die Wasser aus der Seine in den Schlosspark von Versailles pumpte, für die berühmten Wasserspiele. In der zweiten Hälfte des 19. Jahrhunderts entdeckten Maler wie Pissarro und Sisley das Dorf.

85 *man schlägt sich*: Maupassant war ein Anhänger von Fechtkunst und Pistolenschießen. Duelle spielen in seinen Werken, wie im wirklichen Leben um 1880, eine wichtige Rolle, zum Beispiel im Roman *Bel-Ami* oder in der Erzählung »Un lâche« (»Ein Feigling«).

89 *Saint-Lazare*: Das Lepra-Krankenhaus in der Rue du Faubourg-Saint-Denis Nr. 107 (10. Arrondissement) wurde 1793 zum Gefängnis umgebaut, im späteren 19. Jahrhundert kamen vor allem Frauen wegen Diebstahls oder Prostitution hierher; es bestand bis 1935.

94 *Bezons*: Also in nordöstlicher Richtung; Bezons liegt am rechten Seineufer zwischen Chatou und Argenteuil.

99 *Cancan*: Ein leicht exzentrischer, aber volkstümlicher Gesellschaftstanz, der in Ausflugslokalen oder in den sogenannten Caf'Conc' – den Cafés-Concerts, also Cafés mit Varieté oder zu deutsch Tingeltangels – beliebt war und sich erst später zu einem Bühnenschautanz wandelte. Berühmt machte den Cancan Jacques Offenbach mit seiner Operette *Orpheus in der Unterwelt* (1858); Henri de Toulouse-Lautrec verewigte berühmte Tänzerinnen wie La Goulue oder Jane Avril und schuf auch heute noch bekannte Ball- und Bühnenplakate, zum Beispiel für das Moulin Rouge.

MAX JACOB
Ratschläge für einen jungen Dichter
Deutsch von Friedhelm Kemp

*

ROBERT MUSIL
Über die Dummheit
Ein Vortrag

*

GOTTFRIED BENN
Altern als Problem für Künstler
Ein Vortrag

*

STEFAN ZWEIG
Incipit Hitler
Mit einem Nachwort von Arturo Larcati

*

AIMÉ CÉSAIRE
Über den Kolonialismus
Deutsch von Heribert Becker

*

ROSS-THOMAS-EDITION
Herausgegeben von Alexander Wewerka
(bislang 22 Bände)

JEAN-CLAUDE CARRIÈRE

Buñuels Erwachen

Deutsch von Uta Orluc unter
Mitwirkung von Heribert Becker

Der Kreis der Lügner

Die Weisheit der Welt in Geschichten
Deutsch von Marie Rahn

*

ANTONIN ARTAUD

Das Theater und die Pest

Mit Texten von Antonin Artaud, André Breton,
Jerzy Grotowski, Heiner Müller und Anaïs Nin
Deutsch von Heribert Becker, Frank Heibert,
Gerd Henniger und Herbert Zand

*

WALTER BENJAMIN

Kleine Geschichte der Photographie

Mit einem Essay von Wolfgang Matz

www.alexander-verlag.com